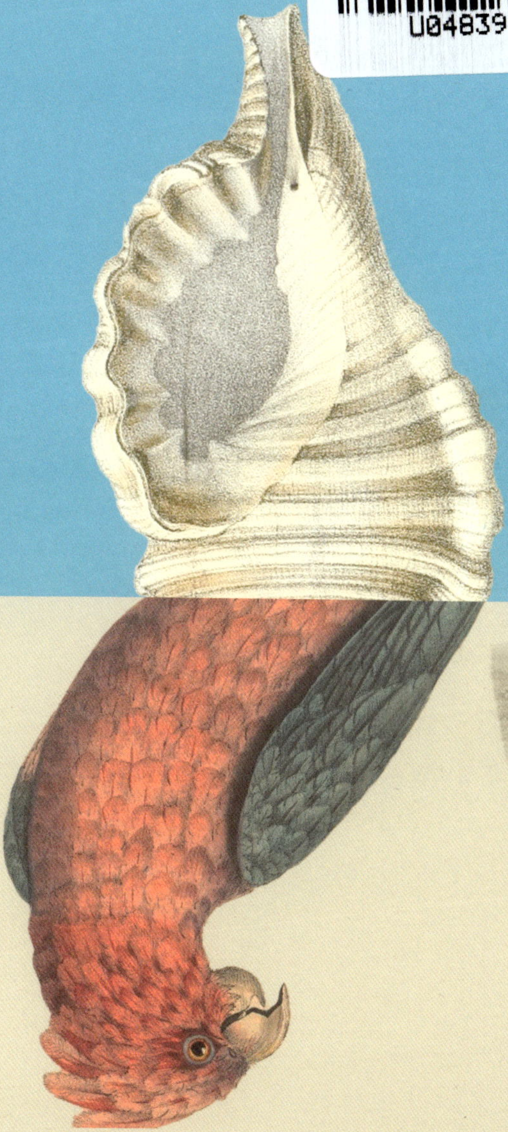

大
方
sight

海洋与大地的故事

Relatos de mar y tierra

Álvaro Mutis

［哥伦比亚］阿尔瓦罗·穆蒂斯 著
费颖婕 译

图书在版编目（CIP）数据

海洋与大地的故事 /（哥伦）阿尔瓦罗·穆蒂斯著；费颖婕译 . -- 北京：中信出版社，2023.9
书名原文：Relatos de mar y tierra
ISBN 978-7-5217-5269-4

Ⅰ.①海… Ⅱ.①阿…②费… Ⅲ.①故事－作品集－哥伦比亚－现代 Ⅳ.① I775.73

中国国家版本馆 CIP 数据核字（2023）第 137705 号

ALVARO MUTIS, AND HEIRS OF ALVARO MUTIS © 1960, 1973, 1978, 1985, 2008.
Simplified Chinese translation copyright © 2023 by CITIC Press Corporation
ALL RIGHTS RESERVED
本书仅限中国大陆地区发行销售

海洋与大地的故事
著者： ［哥伦比亚］阿尔瓦罗·穆蒂斯
译者： 费颖婕
出版发行：中信出版集团股份有限公司
（北京市朝阳区东三环北路 27 号嘉铭中心　邮编　100020）
承印者： 浙江新华数码印务有限公司

开本：880mm×1230mm 1/32　印张：8.125　字数：144 千字
版次：2023 年 9 月第 1 版　　　　印次：2023 年 9 月第 1 次印刷
京权图字：01-2020-0487　　　　　书号：ISBN 978-7-5217-5269-4
定价：59.00 元

版权所有·侵权必究
如有印刷、装订问题，本公司负责调换。
服务热线：400-600-8099
投稿邮箱：author@citicpub.com

目 录

编辑寄语　1

莱昆贝里日记　1

前言　　新莱昆贝里日记　3

一　　"监狱发生问题时……"　6

二　　"一直以来，从文学作品中……"　16

三　　"一天早上有人来通知我……"　23

四　　"雨是六点左右开始下的……"　30

五　　"浴室里热气蒸腾……"　41

阿劳卡依玛山庄
热带土地上的哥特故事　51

守卫　53

主人　55

飞行员　58

玛奇切　61

玛奇切的梦　63

神父　66

神父的梦　69

少女 70

少女的梦 73

仆人 74

山庄 78

经过 81

葬礼 87

四则故事 91

军师之死 93

最后的面容(片段) 119

鸡鸣之前 146

沙拉亚 173

报刊短篇 183

一 克雷塔罗幕间剧 185

二 君士坦丁堡幕间剧 188

三 美泉宫幕间剧 190

四 尼斯幕间剧 192

五 南大西洋幕间剧 195

六 斯特兰德幕间剧 198

署名阿尔瓦·德·马托斯的作品　201

大生意背后的小故事　203

德里厄·拉罗谢尔往事　211

生疮的矮个军人的历史与虚构：波拿巴将军在尼斯　221

迈克蒂亚事件或艾萨克出狱记　231

波连斯萨的东方国王　239

阿尔瓦罗·穆蒂斯是本世纪拉丁美洲文学最伟大的作家之一。他是小说家、纪实文学家、诗人。穆蒂斯在虚构的文学作品中重塑了儿时天堂——位于哥伦比亚中央山脉的柯艾略庄园。该地是他的文学创作灵感来源。他的祖父曾在这里建起咖啡和甘蔗的种植园。穆蒂斯曾说过:"我写下的这一切都是为了赞美这个温热土地上的角落,让它永远存续,那里散发着我的梦、我的乡愁、我的恐惧和我的喜悦的实质。"

本书收录了穆蒂斯一生中发表的短篇小说和散文:

·《莱昆贝里日记》又称《黑宫日记》,于 1960 年由墨西哥韦拉克鲁斯大学出版。它记录了他在莱昆贝里狱中十五个月的孤独和禁闭经历。

·《阿劳卡依玛山庄》,远离英国城堡的阴郁不安气氛的哥特故事。穆蒂斯前所未有地将哥特式小说设置在热带背景下。南美出版社于1973年在布宜诺斯艾利斯出版了此文。

·1962年，穆蒂斯化名阿尔瓦·德·马托斯，以葡萄牙外交官的身份，在由萨尔瓦多·埃利松德[1]和艾米略·加西亚·列拉[2]创办的墨西哥杂志上发表的文章。

·《军师之死》《鸡鸣之前》《沙拉亚》和《最后的面容》，于1978年在巴塞罗那由赛伊克斯·巴拉尔出版社发表。这些短篇小说都启发了马尔克斯在《迷宫中的将军》一书中对解放者西蒙·玻利瓦尔生命最后时光的创作和描写。

·1982年穆蒂斯在墨西哥新闻媒体发表的六篇新闻稿。

·本书以《波连斯萨的东方国王》结束，该文从未在西班牙编辑出版过。

本书的编辑们[3]

---

[1] 墨西哥作家，20世纪60年代黑色犯罪文学开创者。(本书脚注如无特殊说明均为译者注。)
[2] 20世纪著名影视文学评论家。
[3] 指西班牙语原书编辑。——中文版本版编者注

莱昆贝里日记

前言

新莱昆贝里日记

编辑们请求我为新版的《莱昆贝里日记》作序。出于这个原因，我和往常一样翻阅这些故事，故事中的迷宫、陷阱、可疑的隐藏信息以及脑海中的记忆让我生存在介于惊讶与悲伤中间的无人区。我接下来会解释这种感受。我唯一能够确定的是，我在这里讲述的事情真的发生过，我经历了这些事，它们永远地在我身上打下了烙印。根据墨西哥和哥伦比亚之间的一项现有条约规定，被引渡者应该被关在该国能够保证他们人身安全的监狱里。但是显然，我在莱昆贝里的整整十五个月告诉我，这些规定被莫名其妙地遗忘了。更多时候，在监狱里，现实与条约并不匹配。所有这一切，四十年后，都将我永远地留在了名为"记忆"的狡猾的魔术师手中。

由于上述原因，我在重新编辑这本日记时产生了许多新的疑问，我觉得它像是不完整的、不完全真实有效的。但是我渐渐喜欢上了这个新版本。在这里，我想跟我的读者说明一件事：在重新审视我的牢狱生活时，我意识到，多亏了这段真实沉重、不容置疑的经历，我才成功写出了七篇收录在"瞭望员马克洛尔"系列中的小说。在那之前，我只是尝试走叙事写作的道路，零散地写了一些短篇并将他们收录在《阿劳卡伊玛山庄》系列中。后来，我又将所有散文汇编在一起，起名为《军师之死》。在过去的三十年里，我把所有的精力都放在写诗上。后来我决定在文体方面做出改变，主要还是因为我浸没在了那个世界里，在那里，痛苦、人类最炽热也最确定无疑的彼此间的联结，和对法典、法律中潜藏的那种无耻不公的觉悟，都汇集到了一起。简单来说，这就是掉到井底的人的那个简单而残忍的真相。他们已经不用说什么了，就无声地抗议吧，对着那个除了不知从何而来、不知落在何处的结实一击便不足以解释的东西。与身处类似处境的人接触是世界给我们的一个教训。我们应该铭记，从现在开始，我们应该与所有同胞对话并且接触。如果我没有在所谓的"黑宫"中度过那十五个月，我将永远无法写下马克洛尔的冒险经历，哪怕他的形象早就时常出现在我的诗歌创作中了。

这段经历彻底地深入我生命中隐秘的角落，以至于今天我用一种温情、充满感激地怀念它。

这就是我在第二版《莱昆贝里日记》中想要说的话。最后，我在这里附上在第一版就提到的一段话，其中包含的想法到现在依然是真切的:"托埃琳娜·波尼亚托夫斯卡[1]的福,这些故事得以被汇编在一起。这些故事是一段经历的部分见证……那些留在监狱里的人才能经历的事情的见证,是属于和我一同体会痛苦的人的见证。监狱里的人为我揭露了人类丑陋的一面。直到进了监狱,我才意识到,每一天我们都在愚蠢地回避着人类肮脏的一面。"

阿尔瓦罗·穆蒂斯

---

[1] 埃琳娜·波尼亚托夫斯卡(1932—),墨西哥著名作家。代表作有《特拉塔罗尔克的夜晚》。

一

献给跳舞的人

监狱发生问题时，或是某人或某物打破监狱封闭的日子带来外界的混乱时，你可以看到明显的迹象宣告着这种情况的发生，一些初步迹象表明糟糕的日子即将来临。早点名的时候，一股浓郁的抹布味让我们口干舌燥，也没法向其他囚犯问早安。每个囚犯都到大厅集合，拥挤的大厅站满了人，一个个等着中士点名签字。到了饭点，打饭的人不再像往常一样大喊"过来拿面包！"或是"过来拿玉米粥！"以往他们都用力地喊着，仿佛是想用无情的话语打破某些人心中尚存的希望，点醒这些尚在彷徨的人，让他们认清自己是囚犯的现实。然而，当监狱出现问题时，食物悄无声息地到达餐厅。每个人都带着盘子和杯子走来，领取各自的口粮，既不抗议，也不要求更多，一句话也不说。他们只是看着狱警，看着那几个"猴子"，就好像在看来自另一个世界的生物。那些去澡堂的人会更清晰地察觉到紧张压抑的气氛：有一种难以捉摸的存在悄无声息地溜进了这所监狱。每个人一声不吭地打着肥皂、擦干身体，同时呆呆地盯着空气。那样子不像是在回忆"外面"的时光，而更像是看着一团灰色的、卑鄙的虚无慢慢吞噬掉他们。这就是监狱的不寻常的一天：所有的迹象和线索都宣告着一种存在——恐惧。那是属于监狱的恐惧，一种混杂着建筑材料、老旧墙砖、病死老鼠、生锈栅栏和陈年火药的恐惧，一种夹带着痛苦、失眠和囚犯身上分泌的油脂的恐惧。

当时的情况是，我是最先发现那件事的人，两天以后，恐惧就像是失去双眼的野兽，在监狱里横冲直撞。我听说有个犯人死在了监狱诊所，原因不明。很显然，他是中毒了，但不知道是怎么中毒的、中的什么毒。在监狱里，消息的传播速度和神经传导信息差不多快，我回到牢房的时候，我的室友已经打听到更多消息了。死去的人是一个瘾君子，在死前的几小时内注射了毒品。医生已经在检查尸体内脏，第二天就会知道。到傍晚的时候，整个监狱的人都多多少少知道了这件事。也就是在那时候，"瘟疫"又升级了。是的，我称它"瘟疫"，反正当时我是那么叫它的。

得知那件事情的我们什么都没心思做，连话都没说，都等着事情的进展。到了第二天清晨，有人来我的牢房叫醒我："老兄，有个人情况不太好！他说他不能呼吸，现在开始口吐白沫了。"我突然想起了什么，内心好像有个声音在告诉我:"这注定要发生!""你早该知道的!""现在已经没救了!"我迅速穿好衣服,走向病人的牢房,远远地就听到了他痛苦的呻吟。出状况的是萨尔瓦多·蒂诺科,绰号"塞涅斯"。他是个沉默寡言的人,在监狱的裁缝车间工作,一个衣着干净笑呵呵的老妇人常来拜访他,塞涅斯喊她教母。"塞涅斯"这个绰号和他入狱前效力的棒球队有关,他对能成为棒球队员感到非常自豪,几乎把所有的空闲时间都投入了球队训练。也许是因为我还不能分辨普通囚犯的沮丧和那种只有靠毒品才能减轻的绝望吧,我完全没想到塞涅斯是会注射毒品的人。塞涅斯死死地盯着我,他的身体情况糟糕到一个字也说不出来了。他用力发出牛一样微弱的低吟,看向我的眼神诉说着他寄托在我身上的盲目希望,相信我可以把他从占据着他瘦弱身躯的死亡中拯救出来。我们把塞涅斯送到了诊所,值班医生立刻把他带进病房。再努力的抢救也没用了,塞涅斯痛苦地挣扎着,一部分身体以怪诞的姿势停下动作,变得僵硬。我看向塞涅斯,他不再是那个安静沉稳的萨尔瓦多了,不再是那个只有教母来访才会和我聊上一句的萨尔瓦多了。我还记得他跟我提起过:"老兄,你知道吗,我教母是帕丘卡[1]人。我们在那儿有块地。我出门的时候,她就留下看家。"现在我很为难,我不知道谁能通知那位老

---

1 墨西哥伊达尔戈州首府。

妇人塞涅斯的死。

渐渐地，塞涅斯就静止不动了，忽然一片红色影子划过他的脸，原本卡着喉咙的手松了一点，医生抽出了本在注射血清和解毒剂的针头，抬起头满脸疲惫地看着我们："无能为力了。目前还不清楚监狱里正在贩售使用的是什么毒品，我们什么也做不了。"

事情就是这样。有人在监狱里卖"假白粉"[1]，显然有人找到了快速来钱的路子。那东西看上去和监狱里卖的昂贵白粉没什么区别，但究竟是什么，估计只有做鬼的那几个人才知道了吧。回到牢房的那一刻，我才感受到了真正的恐惧。到底是谁在卖那东西？他们卖了多少了？希望过不了多久我们就能知道。

第二天早上，监狱里来了个魁梧的女人。她染着一头金发，浑身上下都散发着瓦尔基里[2]被打败以后才有的巨大挫败感和对生活的厌烦。她双眼无神，冷冰冰的笑容印在脸上十分难看。那是理发师拉蒙的妻子。我们一开始没认出来，但当我想起拉蒙那张法老般的脸，还有他那双总是含泪的大眼睛，以及他在给我们理发时讲的那些摸不着头脑的话，我就肯定那是拉蒙的妻子了。

塞涅斯之后就是拉蒙。借着去诊所看牙医的机会，我

---

1 海洛因仿制品。——原注
2 北欧神话中的女武神，决定着战场上的生存与死亡。

想确认一下，确认自己当时看错了，拉蒙不会像塞涅斯那样的。拉蒙是我的好朋友，我敢担保，他是个值得尊敬的理发师。我还记得刚发现他不对劲时，拉蒙平躺在床上，双手紧紧地抓着床沿，生命垂危，说话也越来越不清晰，就像哑巴一样呜咽着。他当时喊着："救救我，'白皮'[1]。麻烦你帮我求求医生！医生肯定能救我！"医生盯着这个垂死的人："拉蒙，是谁给你的毒品？如果你不说，往后会有更多人像你一样被抬进来。到底是谁给你的毒品？"拉蒙绝望地回答："我现在说不说有区别吗！医生，你快救我吧！救救我，我什么都告诉你。要是你们见死不救，我一个字也不会说的！快救救我吧！你们这群混蛋医生，拿着工资到头来连自己的本职工作也不做吗！"拉蒙恨不得从床上跳起来揪住那个无动于衷的医生。然而，他已经没有力气那么做了。而医生只是面无表情地看着他，苦涩地明白：也许在那一刻正在购买假药的许多其他人的生命，都仰仗于眼前这只绝望而痛苦的动物。

"告诉我们毒品是谁的，我们就救你。"旁边的助手不假思索地回答，显然这个人根本不明白监狱里的规则：囚犯们保守秘密，从不打小报告。可是，呼吸困难的拉蒙已经一句话也说不出了。他只能牢牢地盯着刚才说话的助手，用

---

[1] 此处原文为 Güera，是一位囚犯的绰号，原意特指皮肤和毛发颜色很浅的人。

眼神嘲讽着他："傻逼，你知道什么。你看看我这样子，我还有救吗？"突然，拉蒙的妻子紧紧抓住医生的胳膊，恳求道："我知道！医生，我知道是谁在卖假毒品！我可以说，但我只能告诉你。我可不想在这群混混面前当小人。"她疯了似的在病房里喊叫。这个女人已经无法承受更多的打击了。医生把她带到外面开满鲜花的院子里谈话。没一会儿医生就架着她的胳膊把她拉回床边："这是不可能的，女士。我说过了，塞涅斯昨天就死了，不可能是他在卖毒品。""医生，就是他！不会有别人了。"听完，医生疲惫冷漠的脸上露出了无奈。后来病房里来了一名军官。他穿着一身精致的米色制式雨衣，气场与这里的一切都格格不入，不由地引起我们一阵反感。"怎么回事？"军官看着拉蒙发紫的脸开口，"问出什么了没？"医生低头看着氧气瓶，耸了耸肩回答道："他什么都没坦白。现在的情况是想说也说不了了。"医生也没有了下一步动作，看样子是不想惹麻烦。突然拉蒙的身体开始颤抖，看上去像梦到被人打了一样。拉蒙的妻子又愤怒又厌恶地看着他。这个男人要从她生命中消失了，当然以前拉蒙也没尽到丈夫的责任，和消失没什么两样。拉蒙的身体停止了抖动，他死了。他的妻子站起身，一声不吭地离开了。

  拉蒙后面是"福特"老兄。他在厨房刷墙的时候晕倒了。其他人把福特送到诊所，他的脊椎已经摔断了，说不出话，充血的眼睛里满是震惊。医生检查后发现福特也中毒了——所有人的死法都一样。"假白粉"影响使用者的呼吸系统，呼吸道的堵塞使空气难以进入肺部，到后期恨不得把手塞进喉咙来辅助呼吸。最后，由于窒息，中毒者的身体不得不承受剧烈的疼痛。中毒的过程是缓慢的，每一个人都是一步一步走向死亡而不自知；等到意识到不对劲时，他们早就没救了。在监狱里，大家都抱着侥幸心理，不到致命症状出现，每个人都认为"假白粉"这种事轮不到自己头上。

福特死了，然后是哈罗切，再是提尼亚斯、廷丹、小卖部的佩德罗，再后来奇瓦通·路易斯·阿尔曼萨也死了。就这样，一个接一个，我们跟着死者走过死亡的隧道，走进了这场"瘟疫"制造的乱葬岗。"瘟疫"没有停止，也许会一直持续下去，最后或许就成为牢狱生活习以为常的一部分了吧。没有人想被这可怕的命运选中，但是也没人愿意供出哪里可以买到假白粉或是哪个囚犯在干这勾当。当这种侥幸破灭，自己也开始喘不过气来，恐惧掠过他们惊讶的脸庞时，复仇的渴望又让他们沉默了。"一个个都给我去死吧，"一个犯人说道，"何苦呢，长官。就算我说了是谁卖的白粉，也不会改变什么的。你今天抓住一个，明天就有其他人开始卖。您拷问我也没必要，真的。"当然也有想用线索跟医生和调查人员进行交易的："医生，我什么都可以告诉您！只要你们把我送到胡亚雷斯医院,给我输血!'小垃圾'[1]跟我说过,输血可以救命的!等我到了医院,我就告诉你们我从谁那儿买的假白粉,还有他们把白粉都藏在哪儿。"就这样,胡亚雷斯医院可以治疗假白粉中毒的神话在犯人之间传开了。可事实上,根本没有治疗方案,假白粉随着血液循环吞噬着囚犯们的身体,一旦注射,就等于自掘坟墓。

第十个人死的时候,潘丘在监狱电影里喊了一句让人难忘的话。以往潘丘总是在熄灯开播的时候进来,大喊一声"我来啦",然后坐在离幕布最近的位置。我提醒他这样会打扰别人,但潘丘毫不在意,还是我行我素,像在合唱团表演一样大声评论着剧情,还要把剧情和我们的牢狱生活联系起来。每当电影到达高潮,所有人的心都被情节揪紧的时候,他就贼兮兮地大叫一声:"吓到你们了吧!"然后其他观众开始抱怨潘丘破坏了气氛。

但是,自从假白粉流通以后,囚犯们开始互相检查彼此的脸上是否有死亡的迹象,潘丘再也不像往常一样在电影院吵吵闹闹了。他在老时间走进电影院,坐在幕布前,安静地看完整部电影。国庆节以后的星期三,这场恐怖的灾难达到顶峰,三名狱友在同一天去世。那天晚上电影院挤满了人,所有人都试图忘记这些无休止的死亡,试图远离这场支配着

---

[1] 原文 El Tiliches,是一位犯人的绰号,意指杂物、破烂。

我们的牢狱生活的黑暗旅途。潘丘也来看电影了，他摸黑走了进来，突然在走廊中间停下，朝我们大喊："杀人犯万岁！去你妈的那几个死了的！"影院内一阵沉默，直到潘丘坐到老位置，然后把头埋在臂弯里痛哭起来。最近因假白粉死亡的犯人里有两个是潘丘最好的朋友。他们一起被关进来，后来运动会的时候还一起在操场上卖饮料。

那个周三以后，似乎线索都变得明朗起来了。整个监狱的气氛预示着假白粉制造的恐惧快过去了。没过多久，一天傍晚，我在牢房区看到几个狱警小心翼翼地带着两个犯人，用警棍推着他们走。那两个犯人支支吾吾，脸色苍白，慌张地分别走进了一楼的两间牢房。军官和两名医生随即到达。牢房的卫生间被当成临时的办公室，两个犯人被分开审问了一整晚。上校没有使用一点暴力，耐心地耗着他们，收集并对比两个囚犯的证词，试图拼凑出事情的真相。原来"跳跳"和他的同伴"白皮"[1]是假白粉事件的主谋。他们用卡片刮下风干的白色涂料，用卷海洛因粉末的纸片把这种以假乱真的白色粉末卷起来，然后把它们和真海洛因混在一起卖。就这样，死亡轮盘在过去五个星期把我们玩弄于股掌之间，随机地选择下一个死亡的囚犯。在监狱里，你有自由选择吸毒与否，但既然你选择了购买、使用毒品，就是把自己

1　"跳跳"和"白皮"均为犯人绰号。

置于危险之中，侥幸只是一时的，会不会假白粉中毒只是概率问题，或者可以说是时间问题。

我不知道自己为什么要讲述这些事。我为什么要写下来呢？我觉得等我出狱以后，这篇日记也不会变得多么有价值，因为监狱外面的世界是不可能理解这里发生的事情的。但话说回来，总得要有个人记录下这次死神的监狱来访，记录这恐惧笼罩下的"人间地狱"吧。可是这记录究竟有什么用，对谁有用，我也不确定。

今天埃琳娜和阿尔伯托来看我了，我把假白粉事件告诉了他们。从他们不解的眼神中我意识到，监狱外的人是无法感同身受的。他们无法理解死亡的恐惧如何掐住囚犯的咽喉，他们无法想象苦痛以何种方式笼罩着我们的生活，他们也不会明白我们的命运如何被人玩弄于股掌之间。哪怕埃琳娜和阿尔贝托愿意尝试，他们也无法真正理解我们囚犯的处境。那么，讲述这些事情的意义何在呢？

我想了很长时间。马拉美[1]诗中的一句话赋予了这次白粉事件直白又令人震惊的意义，所以我决定记录这件事：

"骰子一掷，不会改变偶然。"

---

1 法国诗人斯特方·马拉美。

二

　　一直以来，从文学作品中——当然我指的是从经得住时间的真正的文学中——诞生的人物都是很难在生活中看到的。我们把这种人物称作埃斯库罗斯[1]式的人物、莎士比亚笔下的主角、狄更斯书中的形象。只有极少数的机会我们可以在生活中找到一个类似的例子。不过，到目前为止，我认为在生活中最不可能遇到的是"巴尔扎克式"人物。因为巴尔扎克创造《人间喜剧》里的人物所用的那些密实的材料是一层层叠在模型上彼此焊死的。这些人物通过不断叠加被创造出来，最终展现在读者面前的时候，是带着一种蛮横的想成为典范的企图心的，完全不是跟我们差不多的人在日常生活中所表现出来的那种样子。他完全撤除了那种不因色彩的晕染——哪怕只是部分地、偶尔地——而其他小说家往往会

---

[1] 古希腊悲剧诗人埃斯库罗斯，与索福克勒斯和欧里庇得斯一起被称为古希腊最伟大的悲剧作家。

用这个来构建人物的复合态。

但我没想到有一天"巴尔扎克式"人物居然真的出现在我面前了,那时的我是多么惊讶,内心满是收藏家遇到珍宝时的喜悦。那是个货真价实的葛朗台[1],和我们一起生活了好几个月。每天观察他的行动是我那段时间最大的乐趣。

我们的"葛朗台"是晚上七点左右被送到监狱的。路过每一间牢房都展示出一种装腔作势的好意,和我们每个人都说了话。似乎经这么一下,听话者就拥有了某种专属的、特殊的魅力,而这都归功于听话者的某些只有他才能感受到的可贵却十分隐秘的美德。

他的身材瘦长,一头金发,松弛的皮肤挂在宽宽的脸上,显得骨骼和皱纹尤为突出,就好像是挂着别人的皮囊,一点也不和谐。每次开口他都摆出主教演讲的强有力的姿态来助力他永远只说到一半的含糊不清的字句,同时抬头望天,仿佛要为某些从来不确定是什么的针对他的丑行拉老天作个见证。他有双大脚,却习惯晃动身子——宗教人士管理的学校里的优等生往往都这样——就给从他圆润的校工嗓子里吐出的意见印上了一种可畏的、叫人震撼的权威感。这个人的整个形象就像那种闲暇时间不是在传教就是在研究伪科学的西部牛仔。

---

[1] 巴尔扎克创作的吝啬鬼形象。

他的名字叫亚伯。真是个令人肃然起敬的名字,似乎是在暗示我:这个人和被该隐陷害的亚伯[1]一样,是受了"不公正的待遇"才坐牢的。后来,通过报纸的报道以及监狱负责归档的人透露的消息,我们慢慢地了解了这个"巴尔扎克式小说人物"。据说,他通过关系买了个假上校的头衔,天知道他为此说了多少好话、花了多少钱。然后,他用上校的头衔当保护伞,靠放贷牟取了近五百万比索的暴利。他先以极高的利息把钱借出去,并要求借债人用土地或者大楼作抵押。"很巧"的是,他要求抵押的产权都位于城市规划新区。随着新城区的建设,这些土地和楼房的价值也随之上涨。

虽然他用"上校"的名义做担保,声称抵押的土地和大楼会在债务还清的时候返还给借债人,但是由于利息计算方式模糊不清,不久后,债务的枷锁不知不觉就越收越紧,而这位"慷慨的上校朋友"也借着"暂时资金周转不利"的当口来清算债务。因为借债人无力偿还,"上校"理所当然地没收了房子和土地。某个天真的借债人还没反应过来就被他扫地出门了。

后来,亚伯发现我们正在了解他的过去。他在我们面前再三强调自己是无辜的,他说自己明明是出于好心帮助别人,到头来却受到了对手莫须有的指控。他还总是在制

---

[1] 亚伯,《圣经》中记载的人物,亚当和夏娃的次子,该隐的弟弟。遭到该隐嫉妒后被杀害。

服上别着扶轮社[1]的徽章。我们私下都猜那是他偷来的，别在衣服上只是为了装饰和宣扬他那虚假的"人道主义服务精神"。

他对我们乃至对其他所有囚犯的态度就是，他是被诬陷的，他摆出一副与牢狱生活格格不入的姿态，仿佛如今是不得不屈尊与我们一起生活。他的一举一动都带着距离感。每当他挥动那双猿猴一样的大手，就像是大主教为那群有需要的信徒赐福。尽管他脸上带着谦逊的微笑，那也只是形势所逼，被迫做做样子，而不是真的友善。

他的隔间在牢房一楼，门上永远挂着把锁，也从来没人被邀请进去过。我们这个牢房区——莱昆贝里的"卡卡利索"[2]们所在的牢房区——准备饭菜或者是食堂送饭过来时，堂·亚伯才拿着规定餐具一脸严肃地靠近我们的区域。一打完饭，他又单独回到牢房隔间。在那里谁也看不到他狼吞虎咽的样子。

有一次早点名时，亚伯走出自己的小隔间，后面跟着三只棕色的大老鼠，它们肥大的肚子几乎碰到地面。那三只老鼠惊讶又愤怒地瞪着我们，然后跑回了房间。堂·亚伯硬是挤出了一个微笑，他以为那微笑和圣方济各[3]向修女们谈起

---

1 提供社会公共服务的地区性社会团体。
2 监狱内有一定影响力的犯人。
3 原文为"Poverello"，圣方济各在意大利语中的一个称呼。圣方济各又称亚西西的圣方济各，是天主教方济各会的创始人，是自然环境的守护人。

小动物一样慈祥，但是根据我们对他的了解，再看那几只生气乱跑的老鼠，那准是堂·亚伯做坏事被抓正着以后的尴尬一笑。

一天下午，上庭回来以后，他那宽大又骨骼突出的犹大之脸上呈现出病态的黄色。不过他的举止还是和往常一样夸张，而且还带着说不上来的傲慢，引起了我们的反感和敌意。

第二天，我们得知亚伯生病了，不能出来点名。点名的中士到达牢房时，拍了拍亚伯房间的门，亚伯没说话，回答中士的是一声空洞而响亮的咳嗽，在牢房里回荡，像一句虚伪的、歇斯底里的辩白。也是在那一天，报纸带来了新消息，据说法官给亚伯规定了三千比索的保释金。对我们任何人来说，如此仁慈的司法决议可谓令人欢喜。可是我们的"上校"却因此陷入了困境。那时圣诞节和新年快到了，他的孙子们——身上年轻人专属的憨厚笨拙的样子倒是和爷爷有点像——常常在星期四和星期日来拜访他，并追问他什么时候可以出狱，是否会和家人一起在圣诞树边发礼物，能否赶在圣诞节之前出狱，等等。老人的嘴巴扭成了麻花，就像正被孩子们无情地折磨、想要焦急逃离的爬虫。

我们开始打赌堂·亚伯将在牢里和我们一起还是凑齐三千保释金出狱去过圣诞节。圣诞节假期前夕，赌注涨到了一百比索。亚伯还是每天用一声咳嗽逃避点名，但咳嗽声越来越不让人信服。后来,赌他出狱和家人过圣诞节的人输了。堂·亚伯圣诞节留在了牢里,过新年的时候也是,三王节[1]也是。

最终,监狱职员总算找到了让堂·亚伯出狱的方法。一天早点名的时候,来了一名医护人员,还带着两个人抬担架。他们敲了敲那位顽固病人的房门,亚伯又自以为逼真地咳嗽了一声。中士吼道:"出来!"无情的命令差点把人吓得身体僵在昏暗的牢房里。过了一会儿,亚伯出现在门口。他的身体出现了惊人的变化,我们都露出了惊讶的表情。他的皮肤紧贴着脸,就像节日过后被雨水打湿的灰暗的装饰彩纸。他的眼睛肿胀,呈现出微红色,里面还有什么晶莹的黏稠物质正在不断流动。在他传教士般热情的动作间,几乎看不到即将被猎杀的动物该有的恐惧和战栗。他忘记戴假牙了,大半张脸都跟着嘴巴陷了进去,和房子后院的凹陷的水坑一样。

亚伯呆呆地站在担架前面,不知道该说些什么。"躺在那儿,把他带走,"这位军士强硬地下达命令,根本不给别人争辩或者道歉的机会。我们的亚伯"上校"慢慢地躺在担架上。也许是为了缓和尴尬的气氛,亚伯试图朝我们微笑,结果一条白色的丝线从嘴边漏了出来。

---

[1] 在墨西哥,每年一月六日庆祝三王节。

当天，亚伯给他的律师打了电话，并命令他支付保释金。亚伯被带到一个大厅，负责那个大厅的护士告诉我们，他签署释放单时极其气愤，连续折断了两支抄写员递给他的钢笔。他出狱时依旧很愤怒，辱骂法官是小偷和虐待狂。而他本人，作为前革命军人，指控监狱让他受到了残忍不人道的待遇。

后来出于好奇，我们去了亚伯住过的房间。进去以后，我立刻想到了以前《基度山伯爵》的老版无声电影里的情景。这房间和那位法利亚神父的一样。房间里散落着杂货店里用来装糖和米的纸袋子，还有硬得像法老时期留传下来的面包，几块发臭的肉，以及一些早已发霉变质根本看不出是什么的食物。老鼠匆匆地在散落的纸袋间穿梭，和在拥挤的街道与主人走散的狗一样焦虑烦躁。

清洁工把那间牢房里里外外都清洗了一遍。但不论他们多卖力，都没法消除那已经渗进墙壁和潮气的恶臭。最后那间房不得不被闲置了，平时都只用来存放扫帚、抹布、水桶这些清洁工具。

三

一天早上有人来通知我"帕利托斯"死了。凌晨有人闯进他的房间把他刺伤了。大家都知道他常常来找我聊天,他总说我是他的大将军,说我重感情——言下之意就是我总是愿意相信他从事着兜售牛奶、咖啡和香烟的小生意。所以帕利托斯出事的时候,其他人跑来通知我他的死讯。

下午,我去医务室里用作小礼堂的房间见他。帕利托斯躺在花岗岩石板上。他赤裸的尸体在光滑的岩石表面上舒展开来,做出一种隐约不适、难以忍受的僵硬的姿势,仿佛在躲避石板冰冷的接触。他的脚边放着一堆东西,一套已经穿到褪色的蓝色监狱制服、钱包、清洁工靴子。他的个人物品放在旁边一本破旧的体育杂志上:用麻布和蜡修补过的皮下注射器、一把小剃刀、一张印刷精致的阿塞维斯·梅吉亚[1]画

---

1 墨西哥演员、作曲家、歌唱家。

像、钝头铅笔,还有一个皱巴巴的香烟盒,里面剩了没几根香烟。

我盯着他看了很长时间,一缕微红的阳光穿过下午空气中飘浮的粉尘,照射在帕利托斯消瘦的身体和紧绷的皮肤上。毒品、饥饿和恐惧赋予了他的皮肤一种异样的透明和不容置疑的洁净。那清晰简洁的轮廓让我想起了那些圣徒的遗体,他们被保存在教堂的祭坛下,安置在布满灰尘的金边玻璃柜中。

帕利托斯躺在那儿,看上去比活着的时候还年轻,就像个孩子。脱下了宽大不合身的监狱制服,帕利托斯看上去没那么不幸了,现在他已经摆脱了痛苦的牢狱生活。赤裸的尸体是帕利托斯存在的证明,是他生活的见证,那是帕利托斯通过注射海洛因苦苦寻找的生存意义。他的嘴半张着,像是正在急切呼吸的哮喘患者。但是当你走近仔细观察时,你会看到上唇微微翻起,露出了几颗牙齿,他好像在微笑又好像在抽泣,就像是喜悦到极点的痉挛。帕利托斯身体左侧有一道明显的伤口,凝固的黑血像沥青一样挂在伤口边。

我刚进监狱没几天,帕利托斯突然出现在我的牢房里。他的眼球突出,浑身颤抖得像在发高烧。他给我解释说,他可以给我洗衣服、擦鞋、买咖啡,等等,紧接着又列了一长串服务项目。他说话时表现得非常急切,好像是在传达什么紧急命令。后来看我有些迟疑,没等我开口就飞快地离开了我的牢房，只留下刚才匆匆几句回响在我的小隔间。

有人看到我和他说话，就提醒我："对那小子多留个心眼，老兄。他叫'帕利托斯'，老是惹事。"我也没有多问，等到帕利托斯趁午休时分再次出现在我面前时，我早就把这事忘得一干二净了。帕利托斯说："我的长官，您的房间还缺窗帘吧。有朋友卖给我一些便宜的，您买不买？""多少钱？"我问他。"估计也就7个比索吧，要不我这就给您去买了送过来？"我给了他10比索，他拿着钱就跑出去了。接下来几天，我都没见到他。我后来跟一个对监狱日常十分了解的狱友提及这件事，他说道："谁会信他卖窗帘那套还给他钱啊？你不知道帕利托斯在吸毒吗？他每天都要弄大概16比索去买毒品。为了搞钱，他总是想尽办法骗人。"我这才想起他那双异常湿润又隐约带着惊恐的眼睛，还有颤抖的身体和断断续续飞快的吐字。他表现得像是在和时间赛跑——无情的时间正要夺走的他仰仗过活的第二生命。几周过后，帕利托斯又来见我了。也许是觉得我天真好骗是个冤大头，他都没对我解释一下买窗帘那10个比索去哪儿了。现在的他看上去很冷静，能够与人正常交流，同时又带着些许困意，看来是已经注射过海洛因了。也就是在那个时候，他和我分享了他的生活日常，我们成了朋友。

帕利托斯讲起了他的母亲。不过，对于他的母亲是谁、是什么样的人，他一点印象也没有。对帕利托斯来说，最早的记忆开始于中国人开的咖啡馆。每天晚上裹着从街边和电影院捡来的报纸睡在咖啡店的台球桌下。据他回忆,那时他六岁。八岁的时候,他开始在改革大街卖报纸和杂志。每次报摊老板去吃饭,帕利托斯就帮他们照看摊位。就是在那个年纪,他第一次吸了大麻。"大麻能消除饥饿感,而且让我很开心,让我觉得自己活着有价值,"帕利托斯这样说。十一岁的时候,他一天抽六根香烟,还加入了扒手集团,开始在马德罗大街和五月五日大街一带干小偷小摸的勾当。为了能够高效地"工作",他用大麻和香烟刺激自己。而且他头脑灵活、手脚麻利,还会讨好集团头子,很快他就在扒手圈子里混开了。再后来,他落网了,被带到警察局做了体检。检查的结果是"麻醉品严重中毒",所以他被送进了少管所。不过没几个月他就逃了出来,藏在铁路货车上,一路跑到了蒂华纳[1]。

蒂华纳是个边境城市,是毒贩和赌徒的天堂。震耳欲聋的音乐和数不清的霓虹灯撑起了这个日夜笙歌的巨大妓院。蒂华纳是固着的脓肿,有了蒂华纳,富饶的加州才能够正常运作,因为蒂华纳给成千上万的美国人创造了放纵的机会:在蒂华纳,美国人得以品尝一切有悖传统价值的禁果来宣泄生活的压力。蒂华纳的一切都足以让教士们愤怒地说教一

1　美国墨西哥边境城市。

番。也许是命运的安排吧,逃到边境的帕利托斯在享乐的天堂很快就堕落了。

在那里,他认识了一个女人,帕利托斯称她为"老板"。帕利托斯当了她几周的临时情人,为她拉拢寻求"特殊服务"的游客。其间,两人注射毒品找刺激,几周的"海洛因之旅"让两人都无比舒畅,就像深水潜泳后探出水面那般畅快。正是这位"老板"让帕利托斯尝到了鸦片的味道。当他回想起吸几口鸦片后噩梦不断的情景时,他的眼神还透露出恐惧。鸦片的效力似乎超过了他有限的想象力和感官记忆能理解的范畴。他并没有从吸鸦片中获得什么快感,反而频频梦到被可怕的怪物追赶。梦里,怪物将他笼罩在未知的恐惧中、压抑得喘不过气。与普通的感官体验不同,鸦片将一切都带到了无限广阔的境界。鸦片没能把事物变得梦幻,反而将它们都扭曲了。帕利托斯没能坚持多久,很快就戒了鸦片并和那位"老板"分了手。离开之前,他还顺走了那个女人的财物去典当。

回到墨西哥城后,帕利托斯又开始和扒手们打交道。不过现在的他不一样了,他是在蒂华纳混过的人。这让帕利托斯在扒手圈里"小有地位"。他不再通过工作换取毒品了,而是挣现金,然后花钱买自己想要的任何毒品。毕竟没了毒品他没办法工作生活。有了毒品,帕利托斯动作协调、思维敏捷,好像无所不能。

有一天,他下定决心干一票大的。他买了深蓝色的裤子、整洁的白衬衫和一双高档的黑皮鞋。他去澡堂洗了个澡,把自己收拾得干净利落,变成了一个"孝顺、守规矩且懂得照顾弟弟妹妹的"好小伙子。加上他那张哭丧的脸,倒是挺像回事。然后,他又买了只销售员经常用来携带展示商品的手提箱,径直走进了马德罗大街最豪华的珠宝店。他先在里面晃荡了几分钟,等里面的人对他熟悉后,他开始"娴熟又镇定"地收拾起柜台里的珠宝来。钻石手镯、镶白金的手表、祖母绿戒指、蓝宝石装饰品等通通被他装进了手提箱。看到这样的情形,谁也没有产生怀疑。顾客以为他在重新布置陈列,职员们甚至把他当成经理新派来的实习店员。将珠宝装满手提箱后,帕利托斯小心翼翼地合上箱子,迈着坚定沉着的步伐向大门走去。很巧的是,珠宝店的经理正好进来。也许是珠宝生意人的直觉,经理立马嗅到了不对劲的味道。他朝帕利托斯扑了过去,夺下手提箱交给了保安。经过清点,帕利托斯居然偷了将近三百万比索的商品。"我本来准备把那些东西卖个五千比索的,老兄。我真是栽了个大跟头!"

帕利托斯到莱昆贝里监狱并且接受体检后,被安排在了F区,那是专门关瘾君子的区。三年来,他一直在等那次盗窃案的审判结果。在这段时间里,他完全适应了监狱生活。要是哪天出狱了,估计他也会为了回监狱混日子而故意犯点事。

每天早晨六点，他便开始疯狂活动。他到处兜售早上没吃的面包和剩下一半的玉米粥——攒起每天的第一笔"毒资"。所有这些手段：流浪汉的小算盘，周密的谎言、诡计，都是为了攒到这个数目而付出的努力。他从来没断过"莫塔"和"特卡塔"。在莱昆贝里，大麻和海洛因分别被称为"莫塔"和"特卡塔"。

最后，帕利托斯和一个娘娘腔的"卡卡利索"交上了朋友。在监狱里，犯人们把在监狱办公室工作并享受某种特殊照顾的囚犯称为"卡卡利索"。那个娘娘腔不惜为帕利托斯的服务和劳动支付巨额报酬。有人嫉妒帕利托斯有这样的保护人，于是在今天早点名的队伍里明目张胆地往他心口捅了一刀。监狱看守们惊恐地看着鲜血从他胸口涌出。随着越来越小的血流，黑影掠过他那宗教殉道者的面孔，生命逝去了。现在，他躺在那里，我不禁想起了古希腊士兵。他的皮肤苍白得和古老的象牙一样，嘴巴扭曲，绝妙地诠释了千百年来的"人类命运"。

一个标签被绑在他的脚踝上，就像航空公司挂在行李上的牌子一样。上面写着："安东尼奥·卡瓦哈尔或佩德罗·莫雷诺或曼努埃尔·卡德纳斯，小名：帕利托斯，年龄22。"最下面写着几个带下划线的红色字母："已死亡，无需再服刑。"

四

雨是六点左右开始下的。那时我们正在操场上,被尘土覆盖的地面上出现了一个个雨点。我没有回室内,继续绕着操场跑步,这是唯一能让我内心保持平静的运动。粗糙的制服被淋湿,我感到身上一阵凉爽。雨下大了,冲刷着操场,雨点在新鲜潮湿的泥浆中跳跃。雨水清洗了墙砖,划过纪念马德罗被刺杀[1]的牌匾,冲洗监狱看守们亮闪闪的橡胶雨衣,多边形建筑顶端的红色铁塔、庭院和厨房。雨不停地下,汇聚成欢快的水流,冲走我们这些日子的苦难。它带走残酷,带走饥饿,带走疯狂,带走看守们盲目的、微不足道的愤怒。雨水渐渐将一切都带走了,我们与奔走在莱昆贝里芜杂的建筑间游移的风之间再也不剩别的东西,只有透明的水,从天空最高处,从那个角落坠下,自由正在那里等着我们,

---

1 弗朗西斯科·马德罗,墨西哥政治家,领导了 1910 年推翻波菲利奥·迪亚斯统治的墨西哥革命。于 1913 年被迪亚斯残党刺杀。

像暴怒的母狼在寻找它的幼崽。

傍晚，我们沉浸在紧凑杂乱的雨声中。"快回屋里去！他妈的，快回去！回去！"看守的叫喊把我们拉回现实。夜间下雨时谁都不能在房间外面走动。无论是长官、助手，还是那些"卡卡利索"，都不能随意走动。"他妈的，动作快点！听见没有？"巡逻队长拿着手电筒，沿着每间房的铁栅栏把监狱每个角落都检查了一遍。

大雨让犯人们蠢蠢欲动。雨是不属于封闭的监狱生活的。雨就像烈酒，会让犯人们脑子稀里糊涂。所以，在犯人们干蠢事之前，就得把他们关起来。每次闪电，监狱里电路老旧的照明灯就跟着熄灭。这时哨兵们开始高声报数："六号，注意！七号，注意！八号，注意！"一共有21个哨兵，监视着我们的每一个步子，每一道目光。闪电越来越频繁，而且每次持续的时间很长，雷鸣在牢房的金属墙壁、波纹的屋顶、混凝土和铁床间回响。哨兵一遍又一遍地报着数。我们这些囚犯都被关起来了。只有那些看守，这个世界真正的主人，才能在走廊里徘徊巡逻，然后习惯性地用步枪敲敲我们的牢房门。

"潘丘！""拉古纳！"我隔壁牢房的囚犯正在答到。"你要是再抽莫塔，有你好看！""没有，我的长官，我今天没有抽。""我可了解你，王八蛋！没用的大麻种子你都能燃了抽两口。""放心吧，长官。我不抽。"

早些时候我们从操场回来的时候，潘丘跟我说："都什么时候啦，兄弟。我今天准备和几个哥们儿'好好聊聊'，嗨他个一整夜。那些查岗的有得忙咯。"我知道他是什么意思。几个人整夜无休止地抽大麻，抽得神志不清，徘徊在几个世纪之久的幻觉与死亡的迷宫中，企图寻找出路。出现的幻觉将不再局限于什么街道啊，教堂啊，学校啊，法律啊，机器啊，服装啊，武器啊，钱啊，等等。在那个夜晚的王国中，我们用来指称物体、事件与我们在清醒时不自知或不自明的情感的语言，成为完全陌生之物。

看守们走了以后，雨还没停，下了一整夜。雷电离我们越来越远，开始往特斯科科的方向移动。哨兵们大概每十五分钟恢复一次警戒状态。雨水在水渠里流淌，从屋顶滑下，最后在操场上滚动、跳跃。我仰面躺在床上，睡不着觉。我感觉监狱这艘大船正航行在瓢泼大雨汇聚成的"河道"上，仿佛我们正向自由驶去。法官、司法部门、书记员、看守，等等，所有想要束缚甚至愤怒地摧毁我们的野兽，都通通被我们抛在脑后。

那一夜，我记得凉爽的风从窗户吹进我的小隔间。我不时听到我的邻居潘丘或是他的同伴们正通过某种点燃的植物踏上寻找"生命意义"的旅程。就是在那天晚上，里戈维托老人被杀了。他在我们的牢房区负责维修各种用具和商店采购。我第一次见到他时，他正在我们的澡堂里收拾短路爆炸的灯泡碎片。我问他叫什么名字、为什么到这儿来。"您好先生,我叫里戈维托·巴迪略,愿为上帝和您服务。我是新来的勤杂工,有什么需要请和我说,我为您效劳。"我当时也没什么需要的,就和他聊了会儿天。他的脸不大,皮肤像长时间被埋在田间枯叶中的黑色核桃一样满是褶皱。他的眼睛乌黑深沉,他从上到下打量我时,躁动、邪念、不安和恐惧复杂地交织在眼底,几根花白的胡须从下巴和嘴巴上冒出来。在他挽起袖子,准备拧干那块用来收拾玻璃碴的粗布时,我看到他消瘦的手臂颤抖着,上面的血管肿胀,那是注射毒品留下的痕迹。是"特卡塔"让他的眼睛里燃烧着来自另一个世界的不灭火焰。"不和您绕弯子了,我确实在使用'特卡塔'。但我为人正直,从不拉帮结派,也不加害于人。我也不是第一次蹲监狱了,现在我都尽量不惹麻烦。"

那天晚上我从几个和里戈维托认识多年的人那里听说了不少八卦。他一共进了27次监狱,每次都是因为杀人或者携带违禁武器。他65岁,出生在维拉克鲁斯州的哈拉帕。有两次他被关在玛丽亚斯岛监狱[1],第二次他藏在一艘轮船底舱,不吃不喝窝了半个月,成功越狱了。

轮船后来在夜晚的马萨特兰[2]靠岸,里戈维托像蛇一样

---

[1] 位于墨西哥玛利亚斯·马德雷岛。在波菲里奥·迪亚斯的领导下,监狱建于1905年。一度被认为是当时最先进、最难越狱的监狱。
[2] 墨西哥城市。

爬行着摸下了船。他的身体都麻了，理智也不清了，在郊外躲了一夜才能自由行动。也是因为那次越狱，长期保持一个姿势窝在船舱让他的脊椎出了毛病。现在他只能侧身行走，好像喝醉了一样。他回到墨西哥城后，重操旧业，当起了职业杀手。据监狱里认识他而且和他做过交易的人说，他杀了有上百人了。里戈维托杀人干净利落，警察很难追踪他，连家人、朋友、伙伴也对他的行踪毫不知情。一种无情的直觉总是把他带到需要他"帮助"的地方。一完成任务，他就消失得无影无踪。有几次他被捕入狱，都是因为有人告密。不过告密者最终都付出了生命代价，哪怕是过了很多年。

我每周给他几个比索，让他给我整理牢房隔间和洗衣服，也因此聊了不少。不过大多数时候都是里戈维托在讲，我在一旁集中精神听他吐露心声。"老兄，你毕竟是个外国人。等你出狱了，估计就会把这里的一切都抛在脑后，也会把我忘了吧。"这一点，精明的里戈维托想错了。他对我来说太难忘了，还有这15个月监狱生活的点点滴滴也是。我不会忘记里戈维托的，我永远不会忘记里戈维托被杀害的那个晚上，我也不会忘记他死亡的原因。这些事情不可能被遗忘的，这和记忆力无关。它们就像穿过皮肤留在身体里的子弹，和皮囊主人一起走向坟墓，与遗骨为伴。

在监狱里，里戈维托也接买凶杀人的活。有一天，我们一起回顾生活发现，在里戈维托老人65年生命中，有42年是在牢里度过的。他比任何人都熟悉监狱秘道。在其他囚犯中,尤其是在那些了解他过去的"兔子"[1]中,有着神秘独特的威望。他向我承认,在莱昆贝里,他至少"干掉了"30个人。他会断断续续地唱一些老调的歌谣,很值得一听。他讲起故事来语气平和,像老爷爷那样不紧不慢,柔声细语,带着旧印第安老人特有的温柔。每到周四周日孩子们会来探监。每当我看到里戈维托在牢房区和孩子们玩耍时,都无法把他和冷酷无情的杀手联系在一起。

七月的天太热了,到晚上热气也不会散去。一天下午,我正躺在床上,想凉快一下。里戈维托走进了我的房间,开始清理书和杂志上的灰尘。他把我的书一本一本拿起来,掸去灰尘后再小心翼翼地放回原处。他嘴里嘟囔着什么,让我的心神从全神贯注的阅读中提出来。他在自言自语。他的瞳孔涣散,嘴里冒出的白色的唾沫迅速在唇边消失,脸上的表情吓人。他刚注射完毒品,应该是房间太热才跑了出来,毕竟他的牢房是朝阳的。他一丝不苟地清理每一本书、每一件物品,让他看起来更像神志不清,深陷于妄想之中。他对我视而不见,但也许我这个正躺着看他的生物的某种不完全的身影在他脑中的一个角落唤醒了一种闷着的紧迫感,要对自己坦白,对在他人格最隐秘之处留存

---

[1] 屡次犯罪的囚犯。

的那个我坦白，于是他念起了一长串名字和死亡，我永远都不会再想起它们的，我太害怕了，以至于被钉在床上好几个小时，而老头在把我屋里的所有物件弄得闪闪发光后，早就偷偷、悄悄地消失了。他先是笨拙地吐出几个没有意义的词句，然后就报出了一连串：

"我把面包坊的庞丘塞进了烤箱。要不是他妹妹正好来找他，他早就烧成灰了。"

"路易斯的父亲给了我两张蓝票子[1]，让我去车站接路易斯。我把他绑起来，直接扔到井里了。"

"那个小姑娘腿一动不动，在我背上特别重，我就意识到不对劲了。所以我给她穿好衣服，这样可以遮住她身上那些伤口。"

"还有那个外号叫'土耳其人'的叛徒，我把他扔到蒸汽房里，烫伤了他的脸和脖子，这样就看不出别的伤痕。"

"哈罗切，听信'特卡塔'那一套，结果上当注射了假白粉。那孙子当我是个傻蛋，居然准备和我老婆过一辈子。"

"我等了她三年，直到那天她回到村子里。我把她拉到龙舌兰酒店，把她灌醉了，我就装作要送她回家的样子。等送奶车开过来的时候，我把她推到了路中央。车上那几个混蛋看到撞了人，以为是自己不注意，就直接跑路了。我回到

1　蓝色的五十比索钞票。——原书注

庄园，警察来抓我，但是他们找不到证据给我定罪。"

"那个该死的中士赫苏斯·玛丽亚以为可以对我随意用刑。后来我等了他一晚上，他和巡逻的走过去的时候，我就弄出点声音。等他回来查看什么声音的时候，我直接割断了他的脖子，他都没来得及吭声。"

"我没有偷理发师帕斯库亚尔的东西，可是那个混蛋居然跑到警察局告我，害我被拘留了。我被关在锅炉房上面，差点把老子蒸熟了。我出去以后，看见他在给杜隆理发，我两枪把他弄死了。"

"那两个小流氓真以为我要带他们去埃斯奎纳帕看他们母亲。年长那个看到我往他弟弟头上捶，拔腿就跑。我一把抓住他，把脑袋砸了个稀巴烂。我把他们埋在河边，根本没人因为这事儿找上我。"

"我拿了笔钱到恩塞纳达[1]又讨了个老婆，还开了个小酒馆。有几位先生常常到我的酒馆喝酒，他们给我钱，我帮他们解决掉神父。我逃走时，他们还在警察局为我开脱。我的瞎女儿格列塔还留着神父的袍子呢，每天对着它祈祷。我对她说，神父显过灵。"

"洗衣店那两个不男不女的东西来抬那外国佬的时候，他还活着。他们抓住他，让他出了不少血。我们把他挂在体

---

1 墨西哥沿海城市。

育馆里，我们还给了门卫50比索，不让他说是我们把那个外国佬抬过来的。"

"'小蟋蟀'告密，我就把他杀了。他不是拉斐尔，拉斐尔是不肯借钱给我那个。我要给我女人5比索，但他不借我，那就干掉他好了。"

"我兄弟对我说小卖部9点关门。他把看店的老太婆杀了以后扔到小店后山，我去给他在门口放哨。后来他把责任全推到我身上，那个胆小鬼。"

"如果这些人聚集到一起，问我敢不敢再杀他们一次。他们知道我的为人，没有理由相信我会说不敢的。我只要办事，就不会失手。我不像有的人，做了一件小事就沾沾自喜，到处吹嘘自己的男子气概。我敢杀第一次，就敢杀第二次、第三次……在我手里就别想活。"

他的说话声越来越小，等我抬头看他时，他已经不在我房里了。有几次我想详细问问被他杀掉的那些人的情况，但里戈维托的记忆力丧失了不少，主要是吸毒让他神志不清，而不是他狡猾精明不信任他人，他根本没法完整地叙述一件事。

前几天，看守头头传唤我，要我供出里戈维托的事情。我只说了"犯人法规"允许讲的那些东西。但从头头的话里，我发现里戈维托这个老头子卷入了十分严重的事件。看守在他身上发现了远多于个人使用量的毒品，于是把他带到了审讯室，外号"金鱼眼"的军官对他进行了严刑拷打。他回来时，径直走进我的牢房。他快步走着，没几颗牙的嘴边还挂着几根血线，每走一步都从胸口深处发出一阵痛苦的呻吟。"老兄，帮帮我，看样子他们要弄死我，他们还用铁棍打我的命根子。我没办法，我只能供出全部实情。那个让我卖'特卡塔'的人已经被关起来了，其他人发誓要弄死我。我希望他们能把我关到一号区，在那儿没人能害我。您替我和监狱长求求情吧，只有您能帮我了。"

我后来去找了监狱长，现在我已经不记得他具体说了什么。我唯一记得的，就是昨天我从操场回来时天不太好，快下雨了，我看到里戈维托一脸惊恐地把自己关在牢房里。后来我就把事情忘得一干二净了。在监狱里，每个人身上都压着重担，每个人都经历着绝望，其他人的痛苦对我们来说就像是滑过鸭子羽毛的水珠：滑过了，什么痕迹也没留下。

那天晚上下雨了，雨水刷新了我的记忆，冲走笼罩着监狱、已经渗透进我们身体的痛苦和恐惧。第二天早点名时，还下着毛毛细雨，空气都变得凉爽了。我们在室内一楼走廊里排好队。外面的操场已经被淹了，水漫进楼下的牢房，有30厘米深。昨晚我们被号角声和鼓声吵得没合眼，清晨的我们困倦又疲惫。我们半睡半醒地站着，直到中士走过来时，才看到浴室门口有物体在漂动。一开始，我以为是件用来堵住漏水口的旧衣服。中士踩着橡胶雨靴，走过去踢了那东西一脚。我们这才看清楚，那是老头子里戈维托。他的脸本来就不大，死去以后皱得更厉害了，就像树根，像锈迹斑斑的铁块。他的双手还紧紧抓着胃部，一条玫瑰色的液体从那流出来，把尸体周围的泥水都染红了。

几个人去了医务室，抬了一副担架回来。他们脱下里戈维托的衣服，交给监狱长，以便把老人的名字从犯人名单上划去。里戈维托被抬走了。担架路过我跟前时，我注意到了尸体蜡黄的皮肤，上面布满了伤疤。在他的心脏部位，有个裸体女人的文身，女人的隐私部位还文了一只猫的脑袋。里戈维托什么东西都没留下。死亡带走了他活着时仅有的一点特征，只剩下一副躯壳，一副与监狱海洛因为伴的躯壳，一副与监狱官僚和告密者进行了多年无谓斗争的躯壳。

没有人可怜他，我再也没从别人口中听到他的名字。在雷雨交加的夜晚，或是在出狱后下大雨的日子，我都会想起里戈维托。

五

浴室里热气蒸腾，犯人们脱光衣服正打着廉价的肥皂，脸上抹着剃须泡沫，身体上的伤疤若隐若现。浴室里偶尔响起叫喊声和笑声，周围水声呼啸，热水砸在地面啪啪作响，这里好似一片自由的天地。这是表面的自由，虚假的自由，但正是有了这份自由，我们得以勇敢地面对沉重的牢狱生活。

我们脱下衣服，没有了囚衣，便没有了字母和数字组成的代号。我们又重新拥有了自己的名字，聊起监狱以外的生活。在监狱的其他地方，我们从来不谈这些事情。因为监狱是丑陋的，这种丑陋无处不在，它会玷污一切事物。只有在浴室里，从花洒泻下的热流能够净化一切，洗刷令人蒙羞的牢狱印记。

在淋浴间里，囚犯们再次唱起恋爱或旅行时的歌曲。他们曾唱着这些歌在自由时光里尽情享受，也痛苦悲伤过。我们也只能在桑拿房的长凳上，听到一些妇女、城市、街道的名字。在那里，雾气使得墙壁和栅栏模糊不清，使得黑黢黢的水泥墙变得难以触摸、虚无缥缈。我在身边不知道多少次听到有人回忆往日生活。那样的生活和现在相比，显得有些不切实际。我们看不清对方的面孔，辨不出身形，只是津津有味地回忆着与现在悲惨的牢狱生活大相径庭的岁月。

"多拉住在圣阿尼塔。老兄，那可是加利福尼亚。到处都是花园和配备私人网球场和游泳池的豪宅。她在一位富豪家当女佣，那老板是做游艇生意的。我呢，是司机。我开的可是辆银色的劳斯莱斯，非常引人注目。我和多拉有个孩子，也叫多拉。我在那儿干了五年。周末老板允许我自由活动，我可以借用一辆花园里专门拉工具和肥料的卡车。多拉和我会带着食物去海滩玩上两天。晚上，我们一般在车底下睡觉。想做爱的时候，我们就钻进车里，完事儿了就钻进海里。我们在海中沐浴，月光把海面照得十分明亮，像沸腾的牛奶，我们还可以看到水里的鱼和发光生物。洗完海水浴，我们再回去睡觉。有时被巨浪吵醒，我们就继续做爱，完了再去海里。白天也是这样。多拉是宾夕法尼亚人，她父母是德国人。她皮肤雪白，在阳光下一脱衣服，可以晃得人睁不开眼。她的汗毛是金色的，就像成熟的桃子外面那层绒毛。

"我们也去过几次旧金山。我们老板卖游艇给夏威夷种植商。他去旧金山的高级酒店谈生意的时候，会带上妻子和女儿。他的女儿瘫痪了，不能走路，所以他们也会带上多拉帮忙。我给他们开车。我一般穿着白色的制服，多拉说我像个海军司令。到了旧金山以后，老板带着那些富有的夏威夷家庭坐游艇出海。多拉和我先去城里闲逛，然后去高海拔的酒店做爱。因为那些酒店地势高，正对着大海，没人看得见我们，我们可以整个下午都开着窗做爱。我还在那儿学会了英语，兄弟。等我出狱了，我要回加州，看看能不能找到多拉和我们的女儿。哎，说到出狱啊，我被判了20年呢。不过上礼拜我的律师给我提出上诉了。我坐牢是因为把老板的劳斯莱斯撞坏了。警察问我要证件，但我是偷渡过去的，哪有什么证件。那时候我老板正在格拉斯哥[1]选购新游艇，没顾得上我。我被带到了警察局，第二天就被送到边境遣返了。后来我在墨西哥城打工挣钱，想着有一天再去加州。我一般给游客当导游，每次靠小费能赚不少。有一次，我带两美国佬去索奇米尔科水上公园，一男一女，是夫妻。有一天，那两个狗娘养的在船上喝得烂醉，开始争执，那个男的用摄像机砸女人，把她砸死了。我蹲下来查看女人的情况，她身上多处受伤出血。那男人突然向我扑过来，船翻了，那个男人醉得太厉害，淹死了。从那以后我就坚持要求我来划船，我给船主人付了笔钱，把小船买了下来。我就靠当导

---

1 英国一城市。

游，划船带人游览赚了点钱。后来有人告了我，为了打官司，我已经换了三个律师，因为之前那几个都不是好人，骗了我不少钱。我女儿叫多拉，一头金发。一开始她妈妈还经常给我写信，但后来我坐牢了，我也不好意思把这些事情告诉她，她什么也不知道。"

我没看清说话人的脸，他沉默了一会儿，然后去了淋浴房。在蒸汽浴室里，我们都看不清自己的手，意识在炽热的白色蒸汽中飘浮并疯狂旋转。

"我和我的男人一起去查尔帕。他叫安东尼奥，是出租车司机，有两个孩子。他的妻子知道他和我在一起，但她不在乎。像我们这些跨性别者都会去查尔帕朝圣。我们打扮成女人，没人看得出来我们是男的。弥撒之后，我们就躲进小山沟，去做我们的事儿。不过弥撒之前，我们不做。有一次，我一个人打扮成女人去查尔帕，神父把我叫到圣器室。他教育了我一番，说我这样打扮是不对的，在神面前我应该感到羞耻，还问我是什么时候开始这么打扮的，并劝我应该改变生活方式。我怀疑他是有目的的。果然，他把手放在了我的身上。我让他把弥撒期间收集的善款给我，他从衣柜里取出一个盒子，里面钱可真不少。他的双手颤抖，抓了两把钱给我，几枚硬币滚落到地上。我对他说，现在对我做什么都可以。等他干完事，我威胁他把钱统统给我，不然我就去镇上警察局把他的破事都抖出来。他勃然大怒，但还是把钱给我了，有些硬币口袋放不下了，我就把它们装在随身携带的奇恰酒罐里。他还想再来一次，但我已经很累了，我只想尽早离开那里。第二年，我又和安东尼奥去了查尔帕。我们开车去的，喝了一路酒。路上还有不少开往朝圣地的大巴，车上坐了不少人。当我们把车停在路边接吻时，一辆大巴车在我们旁边停下，车上的人要打我们。幸好他们没发现我是'霍托'[1]，不然，非打死我们不可。我们去做弥撒，'萨尔卡''哈罗恰''圭拉·索莱达'[2]和各自的丈夫也去了。'圭拉·索莱达'一身蒂华纳女人打扮，用这个假名在海豚酒店登记入住了。现在被关在监狱J区，是那儿的老大。我们有序地进行朝拜活动。当我在圣像面前跪下时，神父打量着我，脸色变得煞白，他认出我了。我装作没看见，用纱巾盖住了脸。我们从教堂出来以后，去广场小摊上吃油炸食品。然后我们躲进小树林，把想做的事儿都做了一遍。我当时很害怕，据说去朝圣还做那档子事儿的男人全身都会变僵硬，腿先变成木桩，到了晚上整个人就会变成一棵树。我害怕得浑身打战，可安东尼奥就像疯了似的，谁也不能让他停下来。晚上，我们回到镇上吃油煎饼。我们走到广场，一位健硕的先生急忙站起来，示意我坐下，他看上去醉醺醺的，还说道：'女士优先。'我差点笑出来。安东尼奥有些吃醋，

---

[1] 像女人的男人。
[2] 均为女性化的化名。

他认为我在和那老男人调情，在一旁生闷气。我最后当着众人的面亲了他一下，他才满意。到了晚上，我们驱车离开查尔帕，听着收音机里的音乐，唱了一路。啊，我的安东尼奥！一个美国佬，靠着自己有几个钱就把安东尼奥从我身边抢走了。安东尼奥就喜欢那样，让所有'女人'围着他转。有几次，我很想让他找个星期天来看看我。但我太瘦了，对他没有吸引力，加上我脸上的刀疤，我被甩了。"

他油腻的头发又黑又长，垂下来遮住了大半张脸。他有一双绿色的大眼睛，刷着睫毛膏，脸上还抹着廉价的化妆品。洗澡水将化妆品冲到身体上，可以看出来，他是那个沉默寡言的面包房老板。尽管他已经四十来岁了，但在探监的日子里，他还是能钓到几个客人的。接客的时候，他抹着气味刺鼻的廉价发油，在浴室里穿上女士黑色尼龙袜。

一位前橄榄球运动员——也是15年前有名的马术运动员——的高大身材挡住了从天窗射进来的光线。天窗的玻璃很厚，有铁栏保护着，淡淡的薰衣草香气弥漫在整个房间。他一边慢条斯理地刮胡子，一边哼唱着过时的音乐喜剧。他刮完胡子，在长凳上铺了一条薄薄的毛巾，然后唱起了他那老掉牙的花花公子的永恒颂歌。

"如果不是他们为那个混蛋时不时挑起事端，我现在应该躺在'蔚蓝海岸'度假村，而不是这个倒霉的监狱里。你知道吗，在法国，我有一间带车库的公寓和一辆几乎全新的白色奔驰车。我有一个非常有钱、有魅力的女朋友，我和她一起去过意大利，我们在那儿一直待到冬天。

"下个星期天，两个美国女人要来监狱找我。我想和监狱长谈谈，看能不能弄一升威士忌进来。到时候我把房门一关，痛痛快快地开个派对。以前，在监狱里，有钱能使鬼推磨。但现在人都精明起来了，光靠钱可办不成事儿了。不过，运气好还是可以找到一个愿意为了钱冒险的'猴子'[1]。现在我只希望我老母亲别突然起兴来探望我，她很烦人，这样我得把那两个美国女人安排在另外的牢房里。因为如果我妈知道了，她非把律师给我撤了不可，那我一辈子都得在监狱里过了。我有一个儿子，长得都和我一样高了，现在在得克萨斯的一所军事学院学习。他不知道我在坐牢，也许我的妻子会告诉他。毕竟我做了不少对不起她的事儿，她会一一道给儿子听。但是说到底，这是我们男子汉之间的事，应该让他知道他的父亲可以忍受一切苦难。我老婆的家人和我母亲有些势利眼，根本不会明白这种事的。"

这具伟大的运动的造物如今已经五十多岁了，但仍然像三十多岁一样充满活力。那时他在瓜达拉哈拉做了些事儿并引起了恐慌，还引起美国八所大学的高度关注。他和其他拉美学生挑起事端，后来被开除了学籍。他慷慨大方，讲义

---

[1] 警察。——原书注

气,并帮助他们中的许多人保释出狱。两三百比索的保释金不是小数目,都是他给那些学生凑齐的。他在监狱里表现得很坚强,但偶尔会冲动行事。

监狱里有间名为"帕丘克"的澡堂。我们只有在获得指挥官许可的情况下,才能使用那间浴室。它靠近锅炉,配备了更衣室、淋浴间和蒸汽浴房。一般只有监狱警官和"卡卡利索"才能使用,所以"帕丘克"很少有拥挤的时候。有时候你也可以看到一些警卫和中士去那儿洗澡。一旦进了澡堂,他们脱下制服、卸下架子,和我们没什么两样。这些人身上透露出的怀乡、忧虑的情感又让我们想起了对自由的渴望。

傍晚我们从操场回来,是最后一批进澡堂的人。我们站在蒸汽浴室里,闭上眼睛,想象头顶是十月丁香色的净澈天空,监狱围墙之外有几棵树的枝丫在远处摇曳,没有什么比这感觉更像自由。没有一个人说话,我们都沉浸在过去美好的回忆里,直到六点开饭的声音响起,我们这才回到属于监狱的残酷现实中来。这种现实和人们追求的任何可疑的现实都没有相似之处。因为这种现实是真实存在的,扎根于大地,就像一只巨大的野兽,永远在它腐烂恶臭的肉中挣扎。

莱昆贝里还有一间普通澡堂。这间澡堂是监狱生活沉重的缩影,里面混杂着哄乱的"兔子"和悲伤无言的"狼"。蒸汽浴室设置在长长的走廊里,狼和兔子在那儿进行古老的淫乱活动，还频繁做着惩罚、犯罪、报复和阴谋一系列勾当。如果犯人里面出了"叛徒"或者告密者，也许他们就会在这间澡堂里"窒息而死"。如果来人调查，谁都说什么也没看见。在那里，J区的野蛮犯人同他们的顾客和帮手会面；在那里，偷来的手表转到无辜的司机手里，昂贵的钢笔被送到律师手里。浴室弥漫着汗臭味和消毒水味，带着刀伤、牙印以及注射毒品留下的针孔和脓包的身体在蒸汽间穿梭。当"帕丘克"浴室因为锅炉故障或是燃料不足关闭时，我们就去普通澡堂，但我们从来不单独去那儿。一般都是和在操场上一块打排球的犯人或者是同一牢房区的犯人结伴而行。

监狱里还有间叫作"小炉子"的澡堂。我对那儿不太了解，我也不知道得经过谁的同意才能去那儿洗澡。那澡堂很小，淋浴间和蒸汽浴室在一起。"您可别去那儿，我的老兄"，一位狱友如是对我说，也没多做解释。后来我了解到，原来只有那些高级"卡卡利索"，也就是在监狱里享有真正特权的囚犯才能去。在监狱官员的默许下，他们会把朋友领到"小炉子"。当然，这些都是我打听到的，具体有多少是真的，就不得而知了。有一次周六，只有"小炉子"的蒸汽浴室开门，所以我打算去那儿洗澡。我刚要跨进澡堂大门，一个警卫扯着嗓子对我大喊："喂！你往哪儿去！不管你们多牛，谁都别想进去。快点滚开，混蛋！"他还试图用警棍打我。我突然想起关于这间浴室的传闻,一声不吭地走开了。

最后是牢房区的浴室。只有 L 区、I 区和 K 区有蒸汽浴室。I 区的浴室在二楼楼梯口。一般早点名以后,几乎我们所有人都去那儿洗澡,除了几个害羞的,总是编一些蹩脚的借口试图避开洗澡的大部队。那儿只供应一个小时的蒸汽,我们得充分利用这有限的时间,让同区囚犯之间的情谊多持续一会儿。那是我们共同体会生活的时刻,我们聚在一起撒欢,一起谈笑。那一刻,我们的浴室似乎不再归监狱管控,我们多少有一种在自己家里的亲切感,我们忘记了夜晚的愁思,忘记了长时间的失眠,忘记了可怕的迷茫感,我们又想起了那时常困扰着我们的对自由的渴望。

阿劳卡依玛山庄
热带土地上的哥特故事

献给纽顿·弗雷塔斯[1]

请您显灵吧
我愿满足您的一切要求
除了献出我的灵魂与生命

——吉尔斯·德·莱斯[2]写给魔鬼的信

---

[1] 巴西政治家、外交家。
[2] 英法百年战争时期元帅,圣女贞德的战友。贞德死后,他痴迷炼金术,屠杀了大量儿童。

守卫

他曾经是一个走运的士兵,受雇于政府和一些身份可疑的人。他经常光顾招募殖民地战争志愿者的酒吧。无知的年轻人自以为在为自由抗争,而实际上只能在证券市场引起一阵轻微的骚动。

他只有一条胳膊,会说五门语言。他的身上散发着又甜又苦的气味,像是植物被砍断枝丫后散发的香味。

他到山庄后没有和任何人说话。他躲到了内院的一间屋子里。他把行军背囊扑通扔在地上,按照个人习惯把物品摆放在睡袋周围,然后点上烟斗,默默地抽了起来。几天后他在河里洗澡,有人注意到他右边腋下的文身,是个数字和精心刻画的女性私密部位。除了山庄主人和神父,所有人都怕他。主人压根不在乎他是个什么样的人,而神父是同情他的。他的举止粗鲁、做作,一副早已过时的骑士派头。

他负责视察山庄和监管进出人员。他保管着山庄所有房间,包括马厩和仓库的钥匙。每当有人需要工具或是运农产品出去售卖,都得找他。一般有什么事儿他都会点头同意。没人会未经他的允许碰任何东西,包括主人在内。那条失去的手臂,还有洪亮的声音以及回头听别人说话时的僵硬表情都宣示着力量与权威。

当整件事接近尾声时,他是置身事外的,但他究竟有没有在事件刚开始参与进来,就不得而知了。他叫保尔,经常在河边洗衣服,每次洗衣服都是一副无可奈何的表情。尽管如此,他已经养成了自己洗衣服的习惯,而且动作娴熟,任何一个女人看了都会感动的。他的闲暇时间很多,他常常用口琴吹奏行军歌曲。由于只有一条手臂,他只能在残肢的帮助下勉强用破口琴吹曲子。人们看到这样的情景都感到可惜。

主人

我们很难说肥胖究竟算不算他的特征之一。更确切地说，他应该是身躯庞大。他皮肤松弛，看上去一身赘肉，而实际上那并不是油腻的脂肪。他大概是因为有一套不同于常人的饮食习惯才长成这样。

他声称山庄是从母亲那儿继承下来的，但后来人们得知，是他在法律程序上动了有失公正的手脚，山庄才落到他手上。他叫格拉西里亚诺，所有人都叫他堂·格拉西。在青年时代，他是个出名的恋童癖，好几次因为在影院等公共场所对青少年动手动脚被赶出来。不过，随着年龄增长，他完全放下了这特殊的癖好。偶尔有性冲动时，他就去浴室打上平时刮胡子用的薄荷皂，然后手淫。他常常偷偷跑到城里，大量买回这种肥皂。

堂·格拉西是整件事的重要参与者，"牺牲"前后的仪式细节都归功于他。堂·格拉西喜欢把他的人生格言写在房间墙壁上，这些格言就是山庄守则（支配着山庄的生活秩序）：

"寂静犹如痛苦，有利于思考、维持秩序并延长欲望。"

"排便时别着急。每次排便的短暂时间合起来可以铸成永恒。"

"观察是罪，它有着三副面孔。它就像妓女的三面镜子，一面看到的是真情，一面看到的是疑惑，还有一面看到的是犯错后的悔悟。"

"当一切事物都静止等待黎明时，提高你的嗓音吧，为世界与世界上的所有生物痛苦地呻吟吧，但别让人知道你在哭泣，别让他们知道你为什么哭泣。"

"一片叶子是罪孽，两片叶子是棵树，所有的叶子加起来是女人。"

"别反思自己的言论，还是丈量一下你那湿漉漉的肚肠吧。别忖度自己的行为，还是称量一下兔子撒的尿吧。"

"你走远点，让大火吞噬一切人类的杰作。带着水走开吧，带着酒走开吧，带着秃鹫的饥饿走开吧。"

"如果你走进了这个家，就别离开。如果你离开了，就别再回来。如果你经过，就别犹豫。如果在这个家住下，不要祈祷。"

"欲望是空洞，灵魂通过这些空洞逃向外部空间。你还是自己消耗自己吧。"

还有不少格言随着时间推移而变得模糊不清，主人的记性又不好，不可能把它们补写完整。况且，山庄客人对它们也没什么兴趣。而它们的形式之浮夸、那种虚假的扼要，倒是和那个结实的肉桩子毛茸茸的手势很搭，他挥手起来就像在衣柜里理丝线似的。

他过去有一双乌黑闪亮的大眼睛，每次说话，谁被他看一眼，准会害羞起来；可是现在，他的眼神呆滞，让人害怕。他知识渊博，但人们从来没见他手里拿着书或是引用任何作家的话。也许他的知识和那些穷孩子的一样，是通过偷看某位博学神父的藏书或在教会学校昏暗的图书馆里结出的果实。

上面已经介绍过了，堂·格拉西参与了那件事。更确切地说，这一切都因他而起，都是他一手造成的。堂·格拉西清楚地知道自己对整件事起了至关重要的推动作用，但他对此无动于衷。最终，那件事发展成为人不齿的卑劣行径，人们也不明白为什么始作俑者没有受到惩罚。接下来，将有更多关于那件事的细节从不同角度展开。

堂·格拉西每天洗两次澡，早上一次，晚上睡前一次。他从来不单独洗澡，每次都会随意挑一个伙计一起洗。在漫长的洗澡过程中，他不对伙计说一句话。安静的浴室弥漫着薄荷香皂的味道，气氛十分古怪。

飞行员

那位飞行员有双爱出汗的手。他在军事飞行学院的几位老同学毕业后创办了一家小型航空公司，他是那家公司的飞行员，一直干到那家小公司被跨国航空公司兼并。因为性格和外形的关系，后来他去其他航空公司应聘屡次被拒。最后他在山庄找到了工作——堂·格拉西雇他驾驶喷洒农药的小型飞机。山庄在科珂拉河边的种植园有大片的橙子树和柠檬树，平时都需要洒农药预防虫害。后来飞机在一个风雨交加的夜晚被闪电击中烧毁了。飞行员没有因此离开山庄，一直低调地生活着，不引起任何人的注意，没有人讨厌他，也没人过分同情他。最后是玛奇切说服他在山庄留下定居的。在她短暂的几次结合之中，有一次，就挑了飞行员，就为他形态特别好看的那张奶油小生的肉嘴上乌黑漂亮的小胡子。他的额头窄小，头发又黑又密，看上去十分阳刚且性能力不凡，但后来事实证明那都是假象。他倒也不是阳痿，似乎是性冷淡。他的冷漠很快就让玛奇切十分恼火，并让她永远丢掉了对他的好感。

定居以后，他常常在山庄里闲逛，脸上带着微笑，好像是为他的不请自来感到难为情。晚上他会帮教士算账。他的字体粗犷浑圆，很像教会学校训练的书法字体。他随身带着过去当机长时用的飞行手册，每晚睡前都仔细阅读一遍。他总是穿着陈旧的蓝灰色制服，还戴着肮脏的白帽子，上面有一枚空军的标志。

他叫卡米洛，有口臭。他在这场悲剧中是至关重要的角色，从头至尾都参与其中。这背后的故事，下文会仔细介绍。玛奇切是这场针对飞行员的阴谋的主要策划者。起初，飞行员只是受害者，不过后来变成了山庄悲剧的主犯。他心中总有一种摧毁自己的欲望，因此他自己的弱点使他承担了这场悲剧中最微妙的和决定性的部分。

飞行员曾写过一首歌，受害者学会了用现代音乐的调子唱它，歌词是这样的：

> 无需成为世界之王，
> 也可在每个夏日午后
> 为自己找一位女伴。
> 风平浪静
> 阳光在海面支起透明帐篷。

> 我,每天早上,等候在这里,
>
> 等候不同的姑娘。
>
> 能否成为世界之王并不重要,
>
> 能否干出一番事业也不重要,
>
> 只需在和煦的海风下等待,
>
> 就能等到想要的姑娘。

暂且不论歌词写得怎么样,更令人恼火的是,每当受害者哼唱这首时,他都露出一副得意扬扬的样子,好似那是世上最美的歌曲。也许他在歌词里找到了神父和堂·格拉西都不能理解的东西。也许所有人的命运都在这首小曲中上演。不过,谁知道呢。

玛奇切

玛奇切是个成熟、韵味十足的女人。她长得很像19世纪巴黎画师作品里的女性，白皮肤，丰满的乳房自然下垂，腰胯和臀部宽大，眼睛乌黑，下巴强劲，颧骨明显，还有妖艳的双唇。人们说她是个神秘温柔又可怕的女人，因为谁也不知道她年轻时学会了什么性爱技巧。她住在庄园深处，一头黑发中混杂着几根银发。每当她出现在庄园长廊时，那几根闪耀的银发甚至先于她那丰满的身体宣告着本尊的到来。

玛奇切天生拥有女性特有的智慧，她对突发的状况应付自如。她的皮肤柔软，她能够抚摸你、保护你、为你驱走痛苦与不幸。同时她尖酸刻薄，吵架的时候大呼小叫，但是过会儿又自己平静下来，躺在乱糟糟的床上对你轻声细语。

玛奇切在整件事中至关重要。倒不是因为她嫉妒心切，而是她敏锐地察觉到，如果任由事情发展下去，早晚会酿成悲剧。也是因为她准确的直觉，山庄的主人默许她参与并筹划了整件事。

玛奇切负责所有家务，平日工作中和大家都保持适当的距离，没有和任何人过分亲近。有传闻说她私下和身材魁梧的仆人秘密交往，但是也没人找到过证据。她惧怕神父、看不起飞行员、同情守卫，并且花大把的时间与山庄主人聊天。堂·格拉西对玛奇切格外有耐心，还会邀请她一块儿洗澡。每当他们一起沐浴，大家都围在宽大的浴缸周围欣赏玛奇切美丽的裸体。尽管玛奇切年纪不小了，她皮肤依然白皙光滑。她宽大的腹部有三条明显的褶皱，似乎是她淫乱性生活的证明。

堂·格拉西用容器舀起洗澡水从高处浇在玛奇切身上，惹得她发出嘶哑的笑声。除此以外，两人没有其他任何出格的举动，玛奇切对主人相当尊敬，堂·格拉西也表现得和蔼可亲。洗到高兴的时候，堂·格拉西会用传道士的语调大声称呼玛奇切"你这尼尼维[1]的大淫妇[2]！"每次与主人洗完澡，玛奇切都会有一个新的追求者，她将呵护和关怀奉献给新人，同时也不忘像慈母一般关照其他的追求者。

玛奇切总是赤脚走路，穿着一条盖过膝盖的大领口花裙子。她不戴任何首饰，身上的香水味混杂着安息香，所到之处都留下她的气味。

1　伊拉克古城。
2　原文为 Ramera，指 Ramera de Babilonia，巴比伦娼妓。《圣经·启示录》中的邪恶人物，与地上列王行淫。

玛奇切的梦

她走进一间大医院。这间医院耸立在清澈平静的湖畔。她穿过医院大门，走进宽敞安静、刷成乳色的长廊。日光灯嗡嗡地响着，把走廊照得通明。她穿过写着"入口"的一扇门，进入了一间诊疗室。一位身着手术服的医生摘下口罩："我们雇你来是清理手术室、实验室和走廊里乱长的杂草和苔藓的。工作量不大，但是我们要求你态度认真、清理到位！这些乱长的草太让人受不了啦。"医生一边指着地板间的缝隙一边说道。医生把她带到一间灯火通明的手术室，镍制仪器反射着手术室的乳白色光芒，发出微弱而持久的嗡嗡声。房间内的石板间长着不显眼的苔藓，玛奇切费劲地把它们铲除。她除着除着，忽然发现这活儿就是个陷阱。那些苔藓一刻不停地生长，只要她一停下来就长成一大片。如果这工作需要在饭点前完成，那她永远也别想吃晚饭，玛奇切想道。同时她还发现并没有人在监督她的工作。原因很简单：

这是一项无法完成的工作。这是一场荒谬的与时间的较量，这些小植物不断地从地下冒出来，就像不知疲倦的小动物从四面八方向她围拢过来。她带着一种温柔而隐秘的感伤哭了起来，带着一种她始终深埋心底的焦虑，她从来不记得她醒着时有过这种感觉。

"你怎么舍得我长途跋涉呢，"飞行员说道，晨光灌满了他脚下宽敞的露台，满得要灼伤他的眼睛，"所有人都知道我是个没用的东西，你还让我从这搬出去。"飞行员笑着说。他穿着机长制服，带着一副又神气又怪异的大号茶色墨镜，给人一种优雅而陌生的感觉。他脸上还挂着笑容，带着戏谑的味道。玛奇切这才发现自己弯腰屈背，露出了胸前两团。她拉扯着衣服，试图将那对乳房遮掩起来，但是它们太大了，总是将她宽松的尼龙护士服撑开。"需要我帮忙吗？"飞行员站在高处说道。尽管玛奇看不惯他那副高高在上的保护者姿态，她试图反驳飞行员的同时，还是顾及着他的面子："可惜你不会呀。你和我干不了那事儿，你和她也干不了那档子事儿。"飞行员回答道："我做过一次，我知道怎么弄。"说着，他转过身去，走向平台深处跟某人打起了招呼。来人看上去有权有势，看样子所有人的命运都掌握在此人手中。

玛奇切正拿着镜子梳理头发。她挪动胳膊整理头发时，手上的镜子也跟着移动，很难照清楚自己。她勉强利用能够正面照清楚的瞬间给自己编了一根大辫子盘在头上。这时，她发现这个发型已经过时了。不经意间她盘起了年轻时的发式，也许是在回忆青春年华，也许是为了寻找与她悲伤困惑的过去完全不同的生活。这时给她派活儿的医生走了进来，医生从背后抱住了玛奇切，轻声对她说道："你做得很好。过来，你这么漂亮，别哭了，过来吧，过来。"医生的热情激起了她的欲望，她久违地再一次体会到了欢愉。

神父

他说自己曾给已经过世的、受人爱戴的一位教皇当过忏悔神父。如果不是那天他收到了一封印着教皇皇冠和交叉钥匙的信,没人会相信这一点。他收到信以后根本没看一眼内容就将它收了起来。人们都叫他"神父",但没人知道他的真名。他是山庄里唯一拒绝与堂·格拉西共浴的人。起初,堂·格拉西对神父这一态度不以为然,甚至还会嘲讽他几句,但后来人们惊奇地发现这位山庄主人坦然接受了神父的一贯立场。

神父十分英俊,随着时间的推移,他的外貌也没有什么变化,看上去总是在 45 至 60 岁之间。他知道自己样貌出众,但他从来不为此感到得意,也不利用这一点引诱他人做任何出格的事情。

从一定程度上说,神父在那件事中扮演着无关紧要的角色。但如果换个角度,他其实是主犯。最后他向受害者忏悔,并且谴责了凶手,由于底气不足,他把嗓音提得极高。

神父写了一本《晨祷》,山庄所有人都会在黎明升起之时,在同一时间、同一地点一块儿诵读。《晨祷》是这么写的:

哦,上帝!看看我们不幸的生活吧。

请驱散笼罩在我们头上的阴影吧。

哦,仁慈的上帝!请为我指明生命的意义!我迷失在梦魇中,我感受不到您的存在。

哦,上帝!请赐我一朵花,请赐予我慰藉!请送我去女人的怀抱,一个能够代替我母亲的女人,请让我像孩子一样伏在她的胸口。

哦,慷慨的上帝!请把我从痛苦的觉悟中拉回来,请把我变得天真无邪。

上帝,你比任何人都了解我做出的徒劳之功。

请不要把我和徒劳捆绑在一起,请把它留到我生命的最后时刻,请不要在我艰苦的日子把徒劳强加给我。

上帝:伤疤的武器,

失败者的气质,

苦闷的工具,

笨蛋的绰号,

流放者的脓液,

风暴的眼睛,

懦夫的脚步，

胆小者的大门，

上帝，请唤醒我！

上帝，请唤醒我！

上帝，请唤醒我！

上帝，请倾听我的诉说！

有位勤奋的抄写员想把这段话写在墙上，就写在山庄主人"醒世名言"的正下方，有的人很赞成，但是主人坚决反对。主人解释说："我说过的话得写下来，因为它们都是谎言。假的东西只有写下来才显得真。祷词我们大家都能背下来，不需要写在任何地方。"

神父是山庄里唯一拥有武器的人。他有一把柯尔特手枪和一把匕首。他经常擦拭这两件武器，精心保护。虽然这两件武器从来没派上过用场，但神父也没有在适当的时候扔掉它们。

神父就是这样的一个人。

神父的梦

神父穿过一条走廊，通过一扇门以后走进了与上一条长廊几乎一模一样的走廊，二者只有细微之差。神父以为上一条走廊是他梦到的，而现在正在走的这条是真实存在的。他又穿过一道门，走进了另一条走廊，同前一条依然只有几处细节不同。他又想，也许上一条走廊依然是梦，这一条才是真实的。他又通过了几扇门，每扇门都通往一条新的走廊。神父每走上一条新的走廊，都以为那一条才是真实的。不久他恍然大悟，想道："也许这也是祈祷的一种方式。"

少女

少女是这件事的受害者。她 17 岁，当初骑着自行车来到山庄。第一个看见并接待她的人是山庄的守卫。少女名叫安赫拉。

她曾拍过短片，是主角。短片是在一家大型避暑酒店拍的，因为饭店的股东们想要出售酒店附近的房屋。在短片里，一位金发美少女披散着头发，周身散发着爱丽丝梦游仙境的甜美气息，她骑着自行车穿过那些待售的地区或是散步路过围绕着周边咖啡园的大道。少女害羞地在河里洗澡，岸边是风格过时的公园长椅和供野餐使用的小亭子。

短片拍完后，只有摄影师和他的儿子，还有另外几位工作人员留在饭店里。少女也留了下来，她打算骑自行车探索导游指南上没有提及的地方，她对那些地方充满了好奇心。其中有个地方种满了柑橘树，还饲养了鸡鸭等家禽，这就是阿劳卡依玛山庄。

乍一看少女就像电影里走出来的美人。金发，高个儿，身材匀称。她的双腿修长且富有弹性，腰部纤细，臀部紧实。少女的乳房饱满，细长的脖颈总是以一种传统的姿势微微向左倾斜。这样的形象与影片的主题非常契合。但是，少女的眼神与整体不太协调。她的眼中总是透露出猫一样的疲倦，又时刻保持警觉。那双浅绿色的眼睛呆呆地凝视前方，从中透露出的些许病态与忧伤使人觉得陌生，但有时你又可以通过那双平静的眼睛洞察她的内心。

少女的父亲曾经是有名的律师，在一天毫无理由地自杀身亡。后来人们得知她的父亲得了喉癌，一直隐瞒直到最后再也忍受不了疼痛的折磨。她的母亲是上流社会的交际花，不是显赫家庭出身，但是擅长利用姿色和仪态隐藏自己卑微的出身和没有受过良好教育的事实。成为寡妇以后，继承的那点小钱很快就从她指缝间溜走了，旧时的美人大多这样大手大脚。于是，少女开始当模特，也在音乐戏剧中跑过龙套。少女交过一位医学生男友，不过对性的最初探索是与摄影棚的一位电工。和电工在一起时，她感到一种无爱且混沌的激情。肉欲并没有让二人在情感上走得更近。少女喜欢做爱，但在享受肉体快感时，她时常出神，感到疏离。有时候，她会摊开四肢，发出疲惫而愉悦的呻吟，但对抽动的男人满不在乎。

山庄的守卫，尽管经历过军旅生活的磨炼，也经历过暴力与生死,还是在第一时间被来访少女的那双眼睛迷住了。他把少女放进山庄,完全忘记了堂·格拉西针对外来人员制定的一系列严格规定。山庄已经住满了人,不能接纳更多的人了。也许少女的到来,是最后一个打破山庄平衡、导致灾难的秘密原因。

少女的梦

少女骑着自行车路过河边的几棵柠檬树。少女心想，幸好这是梦，在现实生活中这情景是不可能发生的。自行车车轮缓缓转动着，压过地上干枯的树叶，滚过种植园潮湿的土地。凉爽的风拂过少女的脸庞，她感受到一阵阴冷侵略全身，就像地狱一般阴森。少女进入了一间废弃的教堂，她骑着自行车飞快地穿过宽敞的大厅，在点着灯的祭坛前停下了。那儿有一尊真人大小的雕像，看脸是山庄主人。主人的雕像穿着拜占庭女神穿过的宽大服装，四周点着长明灯，火焰随着另一个世界传来的微笑轻轻摇曳。"这是希望女神。"一位瘦削的黑人老头说道。老人话语中责备的语气让少女感到窘迫和尴尬。这位老人花白的头发带着卷曲，就像是绵羊毛。他是仆人的祖父。他又开口对少女说道："为女神点根蜡烛吧，女神会饶恕你的罪过，也会饶恕我孙子的罪过。"

仆人

克里斯托瓦尔是个身材魁梧的海地人。他说话磕磕绊绊,是山庄的仆人,总是迈着轻盈的步伐小声地在山庄走动。酒店旁的住宅区内有一家现代化的超级市场,克里斯托瓦尔在那儿采购食品。偶尔也把山庄的橙子、柠檬运到山下的火车站,卖给那儿的批发商。这买卖给堂·格拉西挣了不少钱。

克里斯托瓦尔是黑人,很温柔,为人处世都小心翼翼的。多年前,山庄主人在一次旅行中遇见了他,把他带回山庄。据说,黑人天生带着温和的冷漠,他们知道如何满足性瘾者的需求。人们都说,堂·格拉西在性方面有些怪癖,在那被遗忘的日子里,是克里斯托瓦尔为他提供了性服务。堂·格拉西应该不再需要克里斯托瓦尔在床上的陪伴了,但也没有因此把他赶出山庄,因为作为仆人的他办事利落高效。后来,玛奇切接过了主人的角色,在克里斯托瓦尔这里寻求身体上的慰藉。但是，放荡的过去让玛奇切很难从这位黑人身上得到满足。她并不喜欢克里斯托瓦尔，后者也从来没对她表现出任何爱意。每两个月，两人就进行一次狂热的约会。玛奇切往往去克里斯托瓦尔的房里，隔壁就是神父，二人的动静常常气得神父彻夜难眠。笑声和呻吟声过后，玛奇切的叹息和黑人的鼾声此起彼伏。一段时间后，房间里又响起恼人的呻吟和嬉笑。

克里斯托瓦尔在他的故乡是虔诚的"马孔贝"[1]信徒，但现在他只进行一些特定的仪式。他的信仰受了异教的影响，不再使用动物祭祀，着迷于植物炼金术。有的时候，浓重的草药味从黑人的房间扩散到整个庄园，引起堂·格拉西的不满："去通知那个下贱的黑人，让他停止巫术！他快把我们都熏死了！"

克里斯托瓦尔也参与了那件事。他敏锐的天性让他发现了少女真实的一面。他善于理解少女冷漠的眼神。当他将她带到床上睡觉时，少女没有像往常一样无所谓地摊开四肢，而是热情地投入感官快意的漩涡中，最后一切归于平静，少女感到身心都得到了净化。这是少女堕落的开端，是她不久后被牺牲的前兆。

仆人克里斯托瓦尔是神父的好友，经常操着海地口音的

---

[1] 原文"Macumba"，是一种流行于非裔拉美群体的宗教信仰。

法语与神父聊天。不过，和仆人关系最铁的应该是飞行员。仆人像大哥一样照顾飞行员，在吃的方面给了飞行员不少好处，每周还给他提供洗漱的热水和干净的床单。同堂·格拉西及其怪癖，仆人保持着适当的距离。至于守卫，黑仆人对他有着与生俱来的敌意——从第一个身着军装的白人踏上非洲土地就存在于非洲部落中的种族仇恨。尽管守卫与仆人从来不讲话，二人也没有表现出对对方的反感。偶尔守卫下达严厉命令时，仆人克里斯托瓦尔会嘲弄几句："随你，不过主人可不会点头。"

每到圣体节，克里斯托瓦尔都会煮上一锅鲜美的鸡汤，鸡汤的精华部分总是跑到飞行员和玛奇切的盘子里。上菜的时候克里斯托瓦尔会咏唱一支很长的歌曲，只有其中几个片段被人记住。歌中唱道：

> 以奥鲁瓜之名，
> 保佑安乐丰饶。
> 母鸡已经炖烂。
> 克里斯托瓦尔掌勺，
> 为食客献上美食。
> 母鸡上桌了，没人吃，
> 母鸡被吃了，没尝着味儿。
> 那是黑人宰的鸡，

天刚蒙蒙亮。

今日无晴天。

阿拉瓜,博鲁库,

博多王啊,

原谅我的疯狂。

在克里斯托瓦尔悲伤易怒或像小孩子一样烦恼时,他一整天不厌其烦地唱着这首歌。

他是左撇子。

山庄

山庄的建筑风格和该地区其他咖啡种植园的没什么两样。但是,如果仔细观察,就会发现山庄的主建筑比一般房子都大,大得没有道理,大得令人生畏。

房子有两层。二楼有一条长长的走道围绕着三个相连的庭院,一直延伸到房子深处。最里面的院子种着柠檬和橙子树。卧室多在房子二楼,办公室、酒窖和储藏室都在一楼。鹅卵石铺成的院子很安静。在那里,发出任何一点声音都能听到回响,连号令声也变轻了,只回响着在池塘里洗水果和磨咖啡豆的声音。山庄里没有花,因为山庄主人讨厌花,花粉会让他过敏,手掌和大腿都生出风疹块。

第一个院子里的房间门都紧闭着,除了守卫那一间敞开着大门。他刚到山庄时把随身物品都随意扔在地面上,再也没刻意收拾过它们。这儿总共有五间房,另外四间被用来存放旧家具、被人遗忘的生锈机器、塞满故事书和蓝布封面杂志的衣柜。

第二个院子里对门的两间房住着玛奇切和飞行员。少女到山庄以后的第一夜就是在这个院子里度过的。

第三个院子里住着堂·格拉西、仆人和神父。堂·格拉西，也就是山庄主人，住在最大的卧室里。那个卧室由两个小房间组成，中间的隔墙已经被拆除。巨大的铜床被摆在卧室正中间，周围放着风格迥异、新旧不一的椅子。在卧室最里面的角落里，摆放着浴缸。浴缸的底座是四个狮身人面像的爪子，虽然雕刻精美，但是是世纪末的风格。卧室墙上还有两幅装饰画。一幅画着失火的甘蔗田，体格夸张的动物惊慌地从火海中逃出来，瞳孔中闪烁着来自地狱的火光。一男一女大惊失色，赤裸着身体在动物间奔跑。另一幅画的是一位哥特女神，膝盖上坐着的一个小男孩。男孩用成年人那种愤怒的目光瞪着她，与女神脸上的慈母笑容格格不入。

山庄坐落在两条湍急的河流的汇合处。这两条河发源于种满橙子、柠檬和咖啡的山谷。那座山很高，山上植被浓密，甚至透出一丝蓝色。山谷被笼罩在高山的阴影中。山谷里树木高大，树冠稀疏，常年盛开紫红色的花朵环绕着咖啡园。多年前修建的一条铁路跨过其中一条河流，通往山谷。后来工程师们意识到建造铁路到山谷内无法创造实际效益，就改变了路线在山谷外建造。两座桥梁还留在那里，作为曾经设计方案的见证。仍是人和动物通行的路。桥上铺着金属薄板,每次山庄的骡子拉车经过,都响起深沉悲怆的金属呜咽声。

山庄的大门是通向第一个院子的入口,上面挂着一块褪色的木板,写了几个青灰色描着金边的字——"阿劳卡依玛"。这是山庄的名字。没人知道这名字是怎么来的,周围也没有同名的地方或河流。这似乎更像堂·格拉西某种幻想的果实,孕育于他在他乡已经遥远的青春记忆的阴影。

经过

　　守卫把少女领到第二个院子，大声喊着玛奇切的名字，让她关照一下新来的女孩。少女本想洗把脸、整理下仪容就继续散步，但是她的眼睛藏不住对山庄的好奇。

　　玛奇切和少女在走道里相遇了。玛奇切从二楼往下探头，看到了站在守卫身边等待的少女。少女打量着面前疑神疑鬼的胖女人，嫉妒的玛奇切也在打量少女。少女浑身上下散发着青春活力，年轻的身体带着强大的天然气场。

　　"这姑娘在找卫生间。"守卫有些粗鲁地撂下话，没等对方回答就离开了。

　　"跟我来。"玛奇切对少女说道。少女跟玛奇切通过二楼走廊，走进一个小房间，里面的架子上放了个脸盆，这且算作卫生间。房间深处挂着肮脏的粉色窗帘，后面是马桶，锈迹斑斑的马桶水箱上面布满了霉点。"你可以在这儿洗脸。如果想方便，厕所在帘子后面。上厕所之前记得锁门。"说完,玛奇切把少女一个人留在房里。蚊子在潮湿安静的房里嗡嗡叫个不停。

梳洗完毕后,少女走出卫生间,与匆忙拿着文件的飞行员撞个正着。他惊讶地看着新来的客人,随后脸上堆满笑容打起招呼,差点忘了介绍自己。少女本觉得守卫和玛奇切已经够热情了,结果眼前的男人更是热情。少女和飞行员靠在走廊栏杆边聊了一会儿。院子里静悄悄的,天色渐渐暗了。

飞行员邀请少女在山庄过夜,说是天黑了,单独骑自行车回酒店很不方便。少女欣然接受提议。少女就像天真的祭祀的动物,把自己的命运盲目地交到别人手中。

原原本本地还原事情经过并不容易,更不用说细数少女住在山庄的所有日子了。可以确定的是,山庄正式接纳了少女。从那以后,少女在不知不觉中编织了一张大网,把所有人都卷入了山庄的悲剧中。少女偶尔下意识地察觉到一些迹象,似乎有些什么复杂难以言喻的东西伴着她生命的每一刻。

刚到山庄的两天,少女和玛奇切同睡一间房。后来少女搬去和飞行员同住。飞行员和蔼可亲,还有他当飞行员时期的异国旅行经历让少女非常着迷,他只花了一晚上就把少女引诱上了床。无休止的爱抚使少女陷入歇斯底里的兴奋之中,但飞行员无法占有她。少女不久以后离开了飞行员,独自在第二个院子的房间里睡觉,这个房间与神父的书房相邻。不久，少女和神父熟络了起来，他们情投意合，沉迷在肉欲中。神父在书房将少女的衣服逐一褪下，然后他们就在摇摇欲坠的皮椅上或是铺满报纸和灰尘的桌子上做爱。

神父喜欢少女直爽的性格，两人可以毫无顾忌地享受迸发的欲望；反之，少女欣赏神父的沉稳，欣赏他与人交往处变不惊。他们疯狂地做爱，而后低声细语地交谈，最后安静地陪伴着对方。

堂·格拉西出于男同性恋者的嫉妒和肥胖者的无端邪恶，偷偷地指使仆人去勾引少女。一天，少女去柑橘园的河沟洗澡时，仆人拦住了她。一阵酸痛的嘶喊过后，少女被征服了。那一天，年轻的女子尝到了漫长的昏厥与强力的咒骂所组成的非洲原始情爱的味道。从那天起，少女着了魔一般频繁与仆人在果园幽会，任由他摆布。少女把发生的事情讲给神父听，他们保持了朋友关系，但再也没一同去过神父的小书房。神父这么做不是因为害怕或是谨慎，只是他察觉到山庄隐秘的秩序。他不想打破一直以来维持山庄平衡的秩序，否则会引发冲突与死亡。

最初玛奇切对姑娘与黑人的事情佯装不知，什么也没说。每当她有需求时，她依然去找黑仆人克里斯托瓦尔。但也是在那个时候，玛奇切心中又燃起了勾引守卫的欲望，哪怕两人早已分手，后者也对她不理不睬。当玛奇切把精力都放在守卫身上时，山庄的一切都在悄悄改变。忽然有一天，守卫严厉地训斥了仆人。看得出来,二人水火不容,山庄的平静也因此被打破。

一天晚上,守卫正盼着玛奇切前来幽会,但她没有出现。第二天吃早餐时,守卫从堂·格拉西话中得知,玛奇切昨晚和黑仆人睡了。白天守卫和仆人难免有打照面的机会,守卫借机用凌厉轻蔑的语气给仆人发号施令,气得仆人立刻向他扑了过去。守卫两下就把仆人打趴在地上,然后他装作什么事都没发生的样子走开了。当天晚上,守卫对玛奇切说,他对她没兴趣了,他无法忍受她身上带着属于黑人的体臭,她白皙的肉体已经无法唤起他的欲望。玛奇切在失望和愤怒中反复思考了好几天,最后想到一个能报复他且自己不被连累的好办法。玛奇切盯上了新来的少女,她把自己和守卫的不愉快完全归咎于少女。玛奇切准备对少女下手了。

计划的第一步是取得少女的信任,玛奇切轻松地做到了。安赫拉还沉迷在肉欲中;飞行员的不举、与神父的露水情缘,还有与仆人频繁激烈的性爱让少女的日常生活充满了对性的渴望。玛奇切早已察觉到少女的状态,于是玛奇切邀请她搬进一间房同住,并主动和少女分享女人之间的秘密。少女高兴地接受了玛奇切的提议。

一天晚上,两个女人正在入睡前对比各自身体。后来,玛奇切开始漫不经心地抚摸少女的胸部。很快少女的欲望被挑起,安静地任由玛奇切摆布。玛奇切开始亲吻少女,把她带到床上，并小心地做起示范动作教少女如何满足自己。这样的情景连续重演了好几个夜晚，安赫拉发现了女人之间炽热的情欲世界。

不久，堂·格拉西在玛奇切的话里得知了此事。他开始邀请玛奇切和少女一同沐浴，并且不允许山庄其他人在这期间接近。三个人发疯似的在澡堂一待就是好几个小时。堂·格拉西指挥两个女人在他面前互相抚摸，等少女快高潮时他就加入其中。少女一天比一天更疯狂地喜欢上了玛奇切，玛奇切一步步引导她步入死胡同，将她的感官带上另一条路。

当玛奇切确定少女只能在她身上得到满足时，她断定少女已经完全在掌控之中了，玛奇切准备给少女当头一棒。玛奇切不是第一次摆布他人命运了，她野兽般沉着地处理这一切。

一天晚上，少女安赫拉向正在床上翻阅杂志的玛奇切走去。安赫拉开始亲吻玛奇切光溜溜的敦实大腿，而玛奇切继续看着杂志，或是装作看杂志，对她的爱抚无动于衷。少女察觉到玛奇切的冷淡。

"你累了吗？"少女话里带了点埋怨的味道。

"嗯，我很累。"玛奇切回答道。

"只是累了还是对我厌倦了？"少女用恋人间坦率的语气说道。

很多时候，恋情都是因为一方说了不合时宜的话结束的。

"我厌了，姑娘，我对我们的一切都厌了，"玛奇切平静的态度刺痛了安赫拉的心，"起初我也是图新鲜，后来堂·格拉西邀请我们俩和他一块洗澡，我也是出于无奈才同意的。你知道，我们都仰仗着他过活儿，我不想得罪他。我是个需要男人的女人，我是为男人而生的，为了让他们享用我。我不喜欢女人，我不喜欢和女人交朋友，更不用说跟女人上床，何况你还是个黄毛丫头。现在堂·格拉西都不叫我们一块儿洗澡了，估计他也看烦了我们做的那一套。姑娘，我们就到此为止吧。回你的床上睡觉吧。我需要的是男人——一个有着雄性的气味和叫声的男人——而不是一个像病猫一样的小姑娘。睡吧。"

起初，安赫拉以为那是玛奇切故意的嘲弄，但这位高大的女人语气坚定，言行一致，让安赫拉意识到玛奇切是认真的：这一切都无可挽回了。这意味着她们再也不能一起做爱了，她如此恐惧这个念头，以至于拒绝相信它。但这一事实无法回避。她像梦游一般回到床上躺下，放声痛哭，哭声无休无止，格外凄凉。玛奇切听着少女的哭声，在报复的快感中得到了安慰，满意地睡着了。

第二天一早，守卫走进马厩，发现安赫拉的尸体吊在房梁上。她是清晨吊死的，脖子上套着一根粗绳子，应该是先爬到椅子上，然后用脚把椅子踢倒的。

葬礼

众人把尸体抬到堂·格拉西的卧室，放在地板上。守卫和仆人去河边挖坟坑了。主人向神父询问事情的细节，神父向他讲述了所有情况。神父说，前一天晚上少女曾去敲他的门。少女向神父忏悔，并且寻求帮助。神父说，可怜的少女的心陷入了混乱，她觉得她的世界都崩塌了。

神父说话时，玛奇切并不在场，她把自己关在房里，闷闷不乐。飞行员也在神父开口前离开了。在离开之前，飞行员借口查账，向神父要了房间钥匙，想查少女之死的证据。他表现出一种令人不安的平静。

神父说完了，堂·格拉西说："我不知道这一切都是谁的责任，但这事儿肯定会给我们带来麻烦，你说呢。从一开始我就反对那姑娘在山庄落脚，但我说的话不管用啊，你们不都是想干吗就干吗。现在我们得承担后果了。把她料理一下就埋了吧。"堂·格拉西的意思是把尸体盖好。少女一丝不挂，尸体已经僵硬，隐私部位暴露在空气中。由于和玛奇切的长期接触，少女的胸部明显发育，性器官肿胀，毛发已经不能将其完全遮盖了。

为了防止尸体腐烂，堂·格拉西和神父用泡过柑橘叶的水清洗了少女的尸体，然后用床单包了起来。就在二人快完事儿时，第二个院子里传来了两声枪响。而后又传来了激烈的打斗声和挣扎声，不久一切又归于平静。神父和堂·格拉西急忙赶过去，看到守卫用柔术的招式把仆人按在地上，不得动弹。玛奇切躺在旁边的地上，胸口带着两道巨大的伤口，每一声濒死的喘息，都有深色的血液往外涌。再远一点，是飞行员，他的头骨诡异地裂开了。神父跑过去扶玛奇切，玛奇切痛苦地往外吐字："是那个臭不要脸的，一定是他！"堂·格拉西朝守卫走去，命令他松开仆人，他照做了。黑仆人遵循主人的吩咐，一声没吭走开了。

"我们刚挖完坟坑回来，就听到了枪声，"守卫解释道，"是飞行员拿着神父的枪开枪了。那黑人向飞行员冲过去，一棍子就把他打倒了，都没来得及反应。黑人继续把飞行员按在地上打，直到我设法去拉住他，他已经疯了。"

神父负责善后，他和守卫把两个女人的尸体抬到河边，一块埋在挖好的坟墓里。玛奇切临死前一边诅咒飞行员，一边央求他别让她死。

飞行员的尸体被扔到了锅炉里。堂·格拉西去找黑仆人，让他把锅炉的火生好。黑人在堂·格拉西的房间里，跪在床边，对着维克多·玛努埃尔三世[1]的画像祈祷。黑人泣不成声，用自己的方言祈祷着。他哭着走到锅炉前，一边生火一边痛苦地呢喃："玛奇切，我亲爱的玛奇切，可爱的玛奇切，我宝贝的玛奇切。"下午，一缕青烟飘上蓝天，宣告着任务已完成。飞行员只剩下一把灰，他的飞行军官帽还挂在庄园走廊里。

当天晚上，堂·格拉西离开了山庄，黑仆人跟着他一起，拎着行李走了。两天后，守卫打包好了行李，骑着当初安赫拉的自行车离开了山庄。神父在山庄多留了几天。临走前，神父把山庄房间的门一一锁好，最后关上大门。山庄被废弃了，只有风挟着雨水在走廊和庭院里呼啸着。

---

[1] 维克多·玛努埃尔三世（1869—1947），意大利国王兼最高元帅，也是埃塞俄比亚和阿尔巴尼亚国王。

四则故事

军师之死

第二次尼西亚大公会议[1]上,在叙利亚被土耳其军队伏击而牺牲的基督徒被谥封为圣徒。其中,伊琳娜女皇[2]在利坎多斯军区[3]的战略军师"伊利里亚[4]人"阿拉尔的生平事迹引起了教会的注意。起初,阿拉尔的名字和其他烈士的被列在一起。后来,拉科尼亚[5]的教士通过整理与这位战略家相关的资料对他的生平进行了研究,人们因此更加了解了阿拉

---

1 公元787年在尼西亚城召开的基督教大公会议,由拜占庭帝国伊苏里亚王朝伊琳娜女皇主持召开。
2 拜占庭帝国伊苏里亚王朝皇帝利奥四世的皇后、君士坦丁六世生母、拜占庭帝国和欧洲历史上的第一位女皇,也是伊苏里亚王朝末代女皇。780年,其夫利奥四世死后,其子君士坦丁六世继位,伊琳娜为皇太后,掌握实际大权;797年废其子,自立为皇帝,802年被废黜,伊苏里亚王朝告终。
3 拜占庭帝国10—11世纪的一个军区,现位于土耳其西南部。
4 欧洲历史上的一个地区,位于今巴尔干半岛西部,亚德里亚海东岸。大约为今克罗地亚、塞尔维亚、波斯尼亚和黑塞哥维那、黑山和阿尔巴尼亚地区。
5 希腊伯罗奔尼撒半岛东南部分的区域。直到公元前190年,拉科尼亚一直是斯巴达的核心地区。公元前700年左右斯巴达就控制了拉科尼亚的大部分地区。在中世纪,它是东罗马帝国的一部分,在十字军东征期间,它属于末代王朝巴列奥略王朝。

尔一生的所作所为，他也不再被当成烈士纪念。当教会阅读到他给小弟安特罗尼克的信件时，会议室内一片沉默，随后教会对他的名字闭口不提，阿拉尔渐渐被遗忘。一直到后来东罗马帝国[1]的政治野心被人熟知，阿拉尔的名字才再一次成为话题中心。

阿拉尔，绰号是"伊利里亚人"，因为他有一双往下耷拉的眼睛。他是帝国高官的儿子。他的父亲因为在圣像破坏运动[2]中的表现，颇受君主器重。这位大臣很少顾及儿子的教育，后来直接把儿子送到了希腊，让他受到了新柏拉图主义的影响。当时雅典秩序混乱，阿拉尔完全失去了信仰——如果他曾信仰基督的话。他的父亲也不是虔诚的基督徒，他之所以能爬上高位，与其说是因为宗教热忱，倒不如说是因为他高明的处世手段。但当年轻的阿拉尔从雅典回来以后，他谈起宗教事务不屑一顾的态度让这位高官父亲感到十分惊讶。当时拜占庭帝国正在残酷镇压圣像分子，皇宫里到处都是眼线，稍有不慎就有可能被置于死地。不少职位在阿拉尔之上且在皇帝那里颇有影响力的人都丢了眼睛，甚至送了性命，就因为在寺庙里说了句轻率的话，或做出了什么不够谨慎的举动。

1　古代西欧称为东罗马帝国，现代学界多用拜占庭帝国。本文注释中二者指代历史上同一帝国。
2　使基督教分裂东西的宗教运动。

阿拉尔的父亲费了不少口舌，成功地让皇帝为"伊利里亚人"阿拉尔在军队安排了职位。阿拉尔被任命为佩拉格斯海港的驻军团长，从此他开始了军旅生涯。作为军人，阿拉尔并没有什么过人之处。他对胜利荣耀的怀疑和对战败严重后果的轻视，最终使他成了一名没什么建树的军人。然而，在待人之博爱，以及在军队中的人望方面，少有人能比得上他。在战争最艰难、没有任何希望的时刻，士兵们往往将目光放在"伊利亚尔人"身上。因为他总是面带微笑，他的镇定让士兵们重振士气取得胜利。

阿拉尔轻松掌握了叙利亚方言、亚美尼亚语和阿拉伯语，连拉丁语、希腊语和法语也能熟练运用。他的战役报告条理清晰、语言流畅，受到了高层官员的赏识。君士坦丁四世[1]去世时，阿拉尔已经被提拔为陆军将军，指挥基普罗斯的驻军。由于身在军营，阿拉尔得以避免宫廷的权力斗争，同时又远离当时东罗马帝国血腥的宗教运动。一次，利奥四世在美丽的妻子伊琳娜的陪同下访问帕福斯[2]。这对年轻夫妇受到阿拉尔的接待。精明的阿拉尔很会讨好新登基的皇帝和皇后。他真诚且热情，古希腊方面知识渊博，尤其博得了那位狡猾的雅典女人[3]的好感。利奥大帝与阿拉尔的交往也

---

1 原文如此。疑为君士坦丁五世。——本中文版编者注
2 塞浦路斯西南部海滨城市。
3 此处指伊琳娜。伊琳娜皇后出生并生活在拜占庭帝国统治下的雅典。

很愉快,皇帝欣赏"伊利里亚人"的亲切坦诚和他对政治宗教问题一笑而过的态度。

那时,阿拉尔年满三十了。他个头很高,动作缓慢,看上去有些文弱。嘲弄般半闭着的眼睛小心翼翼地传达本人的想法。他很少失态,只是偶尔表现出那种军人的直率与热情。他沉迷于诗歌,整天整天地朗诵著名诗人的作品,尤其是拉丁诗人。无论他走到哪里,都带着维吉尔[1]、贺拉斯[2]和卡图卢斯[3]的诗集。他很注意衣着,极少穿军装。他的父亲在其政治生涯最风光的时候离世,后来阿拉尔一向爱护的弟弟进入政界接替父亲。父亲临终前曾嘱咐阿拉尔与拜占庭名门望族的姑娘联姻,女孩的父亲是他们家族的好友。为了完成父亲的遗愿,阿拉尔不得不娶了那个姑娘。他并不想遵循传统的婚姻习俗和教会使命,所以常常找借口不住家里。当时,寻花问柳和闹丑闻在帝国高官中很常见,但阿拉尔却反其道而行。这倒不是他为人冷漠的关系,而是他对人们的热情和努力一贯持怀疑态度,他更喜欢沉浸在自己的思考和幻想中。他喜欢历史遗迹,因为那是人类徒劳无功的证明。也是因为这个,他喜欢上了雅典和塞浦路斯,还冒险踏上了寻

---

[1] 奥古斯都时代著名古罗马诗人,作品有《牧歌集》《农事诗》等。
[2] 奥古斯都时代著名的诗人、批评家、翻译家,代表作有《诗艺》等。
[3] 古罗马诗人,以神话诗、爱情诗著称。

找沉睡的赫利奥波利斯[1]和底比斯城[2]的旅途。

后来皇后任命他为特使,并委托他为年轻的拜占庭皇储和一位西西里公主的婚事游说。阿拉尔前往锡拉库萨[3]并在那儿逗留了远超过原计划的时间。然后,他去了陶尔米纳[4]。另一边皇后已经失去耐心,与他同去西西里的人员不得不出去找他,并通知他立刻回国。阿拉尔在旅途中访问了大大小小、保留着古罗马和腓尼基遗迹的海港与非洲海岸,等他正式回宫,早已耽搁了不知多少日子。皇后训斥了他:

"你耽误了那么多时间,你说该不该罚!你怎么解释!难道你忘了我们为什么派你去西西里?你还知道自己作为特派使的任务吗?谁告诉你,在为伟大君主、基督之子效命时,你可以享受你的闲暇时光?回答我!别干瞪着眼,还有收起你那副笑嘻嘻的嘴脸,我没时间和你开玩笑。"

"陛下,圣徒之女,福音之光保佑您,"伊利里亚人阿拉尔镇定地回答道,"我中途暂停行程是为了寻找奥德修斯的神迹,这对于我们伟大的帝国、您的计划而言,都不

---

[1] 古希腊人对古埃及城市昂(On)的称呼,意为"太阳城"。
[2] 一座位于中希腊的城市,在希腊神话中占有重要地位。
[3] 意大利西西里岛上的一座城市,古代希腊人的城邦。
[4] 意大利西西里岛上的一座城市,曾归希腊和罗马帝国管辖。

能算浪费或损失。另一方面，这桩不平等的婚姻根本配不上您尊贵的皇子。那位西西里公主早已和阿拉贡的权贵家族有秘密婚约，西西里王室表面上愿意与我们王室结亲，实际上只是为了让阿拉贡抬高婚约的条件。既然对方不愿开诚布公地与我们谈判，我认为这桩婚事没有继续商讨的必要，因此我没有写信打扰陛下。他们看到我没兴趣谈下去，也明白我已经知晓他们的真正目的。说起回程，上帝啊！我被一些情况耽搁了，但越是如此，来到您面前的意愿就越发强烈。"

尽管伊琳娜皇后对阿拉尔的说辞将信将疑，她的火气还是消了一大半。为了防止阿拉尔往后再惹麻烦，皇后把他派到了保加利亚负责征兵工作。

在那个兵荒马乱的国家驻扎期间，阿拉尔的性格发生了第一次变化。曾经，他靠着幽默感在军营和宫廷里都交到了不少朋友。可是现在，他变得有些沉默寡言，不再幽默。倒不是他看起来易怒或暴躁，也不是他丢弃了一直以来热情待人的美德。只是他经常独处，目光呆滞地盯着一个地方，仿佛在寻找某种答案以抚慰焦躁的灵魂。他的穿着越来越简单，生活也越来越简朴。

起初，只有少数和阿拉尔关系比较近的人察觉到变化。军队和宫廷的大多数人都没察觉，他们依然敬重他或是把他当朋友一样对待。阿拉尔有一位好友名叫安德列斯，此人熟知东方宗教，是修道院院长[1]。安德列斯曾给阿拉尔的弟弟安特罗尼克写过一封信。信中记录了自己和阿拉尔的对话，里面提到了不少阿拉尔说过和做过的事，很大程度上还原了他在驻军地的部署活动。信是这样说的：

> 我在兹拉托格勒[2]见到了阿拉尔将军。他正在训练招募的第一批雇佣军。一开始我在城里没找到他，军营里也没找到他。原来是他在城外小溪边搭了帐篷，那儿有个橙子园，他喜欢闻橙花的味道。阿拉尔和以往一样热情地接待了我，但我发现他有些心烦意乱、心不在焉。他目光中的某些东西让我隐约感到内疚而不安。他一言不发地看着我，我以为他会向我问起你和家人的近况，或是和我聊宫里的事，结果他冷不丁来一句："尊敬的神父，是哪位上帝把你拖进教堂的？世上有那么多造世主，是哪一位呢？""我不太明白你的问题。"我回答道。阿拉尔没有回答我，而是转移了话题。他一个接一个地问了和波斯教以及婆罗门教有关的各种奇怪问题。起初，我看他情绪有些激动。后来我才发现他正忍受着极大的痛苦，怀疑的想法像疯狗一样追逼着他。当我正在给他解释婆罗门教徒如何

---

1 西班牙语原文为"higoumeno"，是东正教和东天主教修道院院长的头衔。
2 保加利亚城市。

一步步修炼到涅槃时，他突然朝我扑过来并大喊："那也不是修炼之路！这世上没有出路，我们无能为力，任何行动都没有意义！这是个陷阱！"说完他又躺回床上，用手捂着脸，一言不发。最后，他开口向我道歉："抱歉，尊敬的安德列斯。这两个月我吞了不知多少达契亚[1]的红色粉尘，这里的野蛮人说话太难听了，我很难控制住自己。对不起，请您继续，您的知识对我有莫大帮助。"我接着讲下去，但我已经对讲述这件事失去了兴趣，因为我很担心你哥哥的状况。我觉得你哥哥的精神状态正在危急关头。你是阿拉尔的弟弟，又是他最好的朋友。你应该知道阿拉尔关照宗教事务是为了应付差事，是为了给军队做出榜样，一切都是为了纪律考虑。阿拉尔脱离我们的教会和宗教信仰早已不是秘密。我们对这个问题谈论过好几次，我很了解他，也无意改变他。可是，现任大主教米格尔·拉卡迪亚诺斯对你们家没什么好感，他又和我们敬慕的伊琳娜皇后走得很近。我担心如果大主教得知了你哥哥的情况，会在皇后面前说他的坏话。我把这些事讲给你听，就是想让你心里有个数，并和以前一样热心地关照你的兄长。

还有，我想给你讲一讲我们结束会面时的情景。我们

---

[1] 古罗马帝国的行省，现位于罗马尼亚。

讨论了很久基督教异端和东方宗教的共同点。后来，他可能是已经忘记了刚才的失态，我们转而讨论埃莱夫西纳[1]的传说。阿拉尔热情大涨，激动地谈起了令他魂牵梦萦的雅典，他在这方面众所周知地知识渊博。没过多久，他突然停下，如梦初醒地看着我，一边抚摸着你从克里特岛[2]寄给他的死亡面具，一边说道："雅典人找到了归宿！他们按照自己的想象创造了神明，他们注重内心的和谐，创造来自内心的真和美。雅典人对这种和谐深信不疑，投以真诚的爱并乐意为此牺牲。就是这份和谐让雅典人的神话永垂不朽。多少种族、多少城邦消失在历史长河中，但雅典人在追寻内心和谐的历程中获取了战胜一切的力量，这是雅典文明得以长存的原因。这也是我们需要做的。听起来不难，但想要真正做到几乎是不可能的，因为极具破坏性的黑暗面已经渗透进我们的思想。基督已经把我们钉在十字架上，佛陀已经把我们拒之门外，穆罕默德也迁怒于我们。我们已经开始死亡了。我可能解释得不太清楚。总而言之，我们已经迷失了方向，我们的信仰被破坏，一切都无法挽回了。我们一无所有，也无能为力。"说完，他给了我一个拥抱，什么都没说，打开一本书读了起来。出门的时候，我确信，我们亲爱的朋友、你的兄长已经陷入了

---

1 雅典附近的小镇，古希腊伟大的悲剧作家埃斯库罗斯的故乡。

2 希腊第一大岛。

否认一切的境地,这是很危险的。如果不加小心,后果可能不堪设想。

修道院院长的担心是有道理的。在宫廷里,政治激情和教会教义危险地混在一起。现在,伊琳娜皇后日甚一日地变成了极端的基督徒,她甚至怀疑自己的儿子同情圣像破坏者,命人把他的眼睛挖出来了。如果阿拉尔在宫里重复他和安德列斯说过的话,他的命就不保了。好在伊利里亚人很谨慎,哪怕是和最好的朋友也不轻易讨论这些事情。尽管这是当时他最关心的事情。熬过了保加利亚的岁月,几乎被人遗忘的伊利里亚人回到宫廷,他的弟弟帮他登上了帝国最高军事地位——战略军师、皇帝的私人特使和直接代表。这一任命没有遭到宫廷权力斗争中任意一方的反对。因为所有党派都不愿与伊利里亚人结盟,同时他们也确信敌对势力同样无兴趣与他勾结。另一边,拜占庭皇室十分清楚伊利里亚人对政治权力和个人野心那些事根本不关心,所以他们确信军事力量掌握在可靠的人手中,完全不需要担心军队会将枪口对准本国贵族。

阿拉尔赶到君士坦丁堡接受皇帝和皇后的授职。仪式在圣索菲亚大教堂举行,皇帝把军衔佩戴在阿拉尔身上,大主教为带有鹰头的权杖送上三次祝福,然后皇后把军师权杖交给他。利奥大帝听着新军师的就职宣誓,眼里泛起泪光。后来，很多人把这看作阿拉尔和利奥大帝悲惨结局的先兆。但事实是，皇帝看到他多年的老友在深受帝国王权信任、被授予至高无上的权力的同时，还能保持一脸严肃不为所动，十分感动。

丰盛的宴会随后在叶丽雅行宫举行。军师没有提及对授予他如此荣耀的皇帝的感激，而是与皇帝就几位教士在普林吉普[1]发现的卢克莱修[2]手稿进行了一番长谈。伊琳娜皇后多次打断二人热火朝天的谈话。有一次，皇后的话让在场的所有人都害怕得一言不发，而军师说出了让所有人难忘的回答。

"我相信，"皇后说，"我们的军师应该是对这位异教徒卢克莱修更感兴趣吧，而不是对我们大主教为拯救他的灵魂而举行的弥撒有兴趣。"

"尊敬的皇后，您说得没错。我对这些手稿的作者是否为'异教徒'卢克莱修持怀疑态度。手稿中有不少文本和我们的《圣经》内容相似。但真正让文字变得不朽的动词却在拉丁语里缺席了。所以，这些应该是先知但以理或是使徒保罗所作。"

---

[1] 普林吉普修道院，位于土耳其马尔马拉海王子群岛的一座岛上。
[2] 罗马共和国末期（公元前99—前55年）的诗人和哲学家。卢克莱修反对神创论，以哲理长诗《物性论》著称于世。

阿拉尔的一番话让所有人松了口气，皇后也不再咄咄逼人。事实上，伊琳娜皇后是受了大主教米格尔的怂恿才问了这样的问题。但阿拉尔发现皇后已经变成了盲目狂热的宗教分子，日后她和家人将为此付出血的代价。

至此为止，我们可以称为伊利里亚人阿拉尔的"公共生活"的部分结束了。那是他最后一次来拜占庭。往后，他一直待在与叙利亚交界的利坎多斯军区，在那里积极地管理军中事务。阿拉尔兴建了许多堡垒和其他军事建筑以抵御伊斯兰教教徒的进攻。无论哨所多么简陋、偏远，无论是在寸草不生的高山还是热如火炉的大漠，他都亲自走访。到现在，利坎多斯还有他丰功伟绩的痕迹。

他过着简朴的军旅生活，身边有不少可靠的人。其中，有几位马其顿人，一位天资不高、才华平平却对军师异常忠心的多利安[1]老人，一位在西西里岛结识的吟游诗人，以及由可萨人[2]组成的护卫队。那些可萨人是阿拉尔在保加利亚招募的，他们忠诚，只服从阿拉尔的命令。军营让阿拉尔脱下华服，穿起了简朴的军装。只有在检阅部队的时候，他才拿起那把军师鹰头权杖。在军营里，阿拉尔随身携带贺拉斯诗集，他还总是带着弟弟送给他的克里特面具和赫

---

[1] 多利安人，古希腊人的一支。
[2] 半游牧的突厥语民族。可萨人在公元6世纪末建立了突厥语联邦，覆盖今俄罗斯欧洲部分南部领土。

耳墨斯·特里斯墨吉斯忒斯[1]小雕像——雕像是塞浦路斯一家妓院的马耳他老板娘送给他的礼物。阿拉尔身边的人都已经习惯了他长时间的沉默、走神，和他黄昏时分脸上流露出的悲戚。

与拜占庭帝国其他军师相比，"伊利里亚人"俭朴的生活与他们的截然不同。其他军师都住在金碧辉煌的宫殿里，被人称为"使徒之剑""圣洁之光的保护神"或是"基督的宠儿"。那些人到处宣扬自己的权力，过着奢靡的生活。他们和皇帝一样享受着至高的地位，为人们敬畏。尤其是偏远山村的平民，看到那些军师盛气凌人的样子，各个都得俯首称臣。在那个时代，"伊利里亚人"阿拉尔是一个例外。后来科穆宁王朝[2]的几位明君都以阿拉尔为榜样，统治期间社会太平。

阿拉尔与士兵们平起平坐，一同生活。利坎多斯军区与贪婪残暴的艾哈迈德·贾比尔统治的地区接壤，阿拉尔视察边境地区时只由可萨部队和马其顿人陪同。贾比尔是叙利亚国王，他经常侵占掠夺边境地区拜占庭村庄的财富。他有时与土耳其人结盟，反对拜占庭。不过，土耳其人时常背弃条约，表明中立态度的同时又与拜占庭皇帝签订和平条约。阿拉尔军师常常突击走访边界哨所。为了查看军事设施修建情

---

1 希腊神祇赫尔墨斯和埃及神奇托特的结合。
2 拜占庭帝国于10—11世纪被科穆宁家族统治的时期。

况并鼓舞士气，他在那儿一待就是几个星期。他和普通士兵一同住在军营里。他用石灰随意地在军帐里隔出一个小房间，他的后勤兵阿尔吉罗斯给他支了一张皮床，他在保加利亚就习惯了睡这种床。他就在这个小隔间里处理军务，同建筑师讨论事项，有时也向驻军长布置任务。等事情都办完了，他就和来时一样，一声不响就离开。

他仍然保留着对历史遗迹和艺术文化的喜爱。他手头收藏了几件文物。每当需要装饰桥梁堡垒或是修复落入穆斯林手中的古希腊国宝时，他就将自己的收藏拿出来供人参考。阿拉尔不止一次表示想要修复断臂维纳斯和受损的美杜莎头部雕像，但他似乎对东方宗教的遗落圣物毫无兴趣。他没陷入过情爱，不和其他军师一样沉迷酒色。上任初期，阿拉尔去哪儿都带着一个年轻的威尔士女佣。姑娘沉默寡言，但对阿拉尔很忠心，总是温柔体贴地服侍且仰慕着他。一次，军师卫队的部分成员遭到伏击，姑娘不幸遇难。从那以后，"伊利里亚人"身边不再带女性了，只是偶尔和他的士兵一样，去海港的酒馆里寻找慰藉。但是，阿拉尔性格孤僻，总是一副若有所思的样子，让不少年轻姑娘都不敢亲近他。

在军旅俭朴生活的灰暗色调中，"伊利里亚人"过去的宫廷声誉渐渐消失了。但他很少提及此事，也不允许身边人谈论。"伊利里亚人"在皇宫里渐渐被人遗忘了。后来拜占庭皇帝神秘地死去了。几个星期后，伊琳娜皇后在圣索菲亚大教堂自封为"伟大的巴赛勒斯[1]，罗马人的统治者"。从此，整个拜占庭帝国陷入盲目狂热、癫狂的神学癔症状态。一些有权势的神职人士也参与了女皇掀起的黑色恐怖行动，他们钩心斗角，把受害者投进陵墓陪葬坑、双眼挖去，或是拉到跑马场，让精力充沛的马匹把他们五马分尸。这就是怠慢基督的圣女、晨星——神圣的伊琳娜女皇——的下场。不过，还没有人敢动军师阿拉尔，因为他在军队里享有很高的声誉，而且他的弟弟被任命为大学士和皇家总管。更主要的是，伊琳娜女皇了解阿拉尔的为人。在那个假冒的帝国"救世主"层出不穷的年代，阿拉尔一直持怀疑态度，更不想参与到他们的派系斗争中。

正是在女皇大搞神学运动期间，一位名叫安娜的克里特姑娘出现了，再一次彻底改变了阿拉尔的生活。安娜姓阿列西，是意大利撒丁岛一个富商家庭的年轻女继承人，后来家族迁到了君士坦丁堡。阿列西家族常常借给皇室巨额款项，其中很大一部分由拜占庭帝国地中海地区海港的税收收入偿还。因此他们很受伊琳娜女皇的赏识和信任。阿列西家族已经好几代定居君士坦丁堡了，同时在撒丁岛还保留着大量财产。有一次，安娜和她的兄长在回访撒丁岛途中被海盗劫持。伊琳娜向阿拉尔求助，希望他能够和海盗代表就赎金和

---

[1] 古希腊人对国王的称谓，东罗马帝国进行希腊化改革后，也用此称谓，直到1453年帝国瓦解。

人质释放进行谈判，从而将兄妹俩救出。

在讲述阿拉尔与安娜的相遇之前，我们应该先讲讲他当时对人生的感悟与疑惑。这将帮助了解安娜是怎样在他生命最后的日子里给予他全新的幸福体验，并且是如何赋予他的死亡特殊的意义。与阿拉尔兄妹会面的四天前，阿拉尔给他的弟弟写过一封信。他先是提了几句拜占庭帝国以外的政局变化，然后写道：

> ……我认识到，政治虽然被人类用美好的承诺粉饰，但它具有危险性。看看我们的女皇，正运用各种理由在拜占庭巩固自己的高压统治。但放在十年前，还是皇后的她可是坚决反对他人提出类似的理由的。她会认为那是叛国行为，是不可饶恕的异端思想。过去，不知多少有她现在这种想法的人被置于死地。多少人只是因为公开自己的信仰——也就是今天伊琳娜举国上下推行的宗教信仰——而被挖去眼睛、砍去四肢。一个人在他可悲的盲目中，迷失了方向，却还在用他的思想构建复杂的架构，相信严格地应用这种架构，可以给他血液中动荡和混乱的心跳带来秩序。但我们已经走进死胡同了，什么也做不了了，也没有人对我们抱有任何期望。不管我们采取什么措施，这些努力都将迷失在非常遥远的水域，与下水道的排水一起汇入广阔的海洋，最终归于徒劳。你可能会觉得，我过于悲

观的怀疑主义让我无法享受这个既成的世界。可是，我亲爱的弟弟，事情并不是这样的。一种巨大的宁静感笼罩着我。作为地方长官和普通士兵的每一天，都让我从日常生活中看到崭新的、充满生机的希望。我无意寻找每件事情背后遥远或扑朔迷离的意义。准确地说，我只是想从它们那里获得一种直观的感受，从而明白每一天生活的意义。我心里明白，无论你怎么努力与别人沟通都是徒劳无用的。我也知道，只有通过那些幽暗之路——血，以及超越了所有形式、跨越不同文化和帝国的某种和谐——我们才能从虚无中拯救自身、得以解脱。所以，我现在醒悟了，我不需要征服更多的人，更不需要臣民为我做任何事情。我的士兵们已经服从于我，因为他们知道与战争和死亡打交道，我比他们有经验；我现有的臣民也服从我的决定，因为他们知道这样的决定不是出于法令的规定，而是出于我对他们的关切。我没有任何野心。有几本书看，有马其顿骑士追随，有多利安人谏言，有黎巴嫩妓女的温暖床铺，平时还能听听《普罗旺斯进行曲》这类曲子，我就知足了。我不会挡他人的路，别人也不干涉我。在战场上，我英勇杀敌，心中既没有怜悯，也没有愤怒。我之所以那样浴血奋战，是为了我们的帝国能够长存，为了不让蛮夷侵扰我们，为了不让他们不入流的文字取代我们的语言。我是希腊人，或者说，是东罗马人。我很清楚，那些野蛮人——或是拉丁人、日耳曼人、阿拉伯人，或是基辅来的，抑或是卢泰西亚[1]、巴格达、罗马来的军队，最终，他们会抹去我们的名字、消灭我们的种族。我们是希腊文明最后的继承者，只有我们能解答世间一切荒诞的谜题。我作为军师，一向完好地履行着我的职责。虽然我能做的不多，但是如果什么都不做，那还不如死了好。我知道我们几百年前就无路可走了，我们把自己交给了嗜血的基督。基督的蒙难压在人类的心头，把人变成了多疑、不幸、爱说谎的生物。我们堵死了所有的出路，我们欺骗自己是自由的，就像被关在马戏团幽暗铁笼里的动物欺骗自己一样，以为铁笼外面反而是险恶的原始森林。你和我讲的神圣罗马帝国大使那些事就是很好的例子。你是个聪明人，作为帝国的大学士，你应该让他明白自己的想法有多么荒谬。可是，如果你真要这么做，那就……

军师在边境站等待人质交接。等阿列西兄妹一行到达边境时，天已经黑了。完成交接后军师很快退下了。他连赶了三天路，一点觉没睡。第二天一早，他派人把马具备好，然后接见了被救出的拜占庭公民。一行人默默地走进军师的小屋子，惊讶地发现这位利坎多斯的守护者、基督的铁腕、女

---

[1] 前罗马时代和罗马高卢时代的城镇，是巴黎的前身。

皇的宠儿像一位普通军官一样生活着，房间里没有地毯，没有珠宝，只有几本书。军师正躺在熊皮床上翻阅账目。阿列西一行共五个人，领头有两个人，一个是小伙子，表情严肃，好像正在思考着什么；另一个是姑娘，二十岁左右，脸上蒙着纱巾。其余三个人，一个是阿列西家族的家庭医生，一个是他们在巴里[1]的管家，最后一个是他们的伯父，也是斯图狄奥斯修道院[2]的院长。他们按照阿拉尔的军衔向他施礼，后者请他们一一入座。军师大声地念来访者的名字，每个人都按照习语答道："我是希腊人，感谢基督的恩赐与牺牲，我永远是伟大帝国女皇的仆人。"年轻女子是最后一个回答的，她一边回答一边取下脸上的纱巾。起初，女子的外貌并没有引起阿拉尔的注意，反而是她低沉平静且不符合年龄的嗓音吸引了军师。

军师向他们提了些礼节性的问题，询问了路上的情况。他和修道院院长聊了好一阵子，都是关于他的老友安德列斯，不过院长和安德列斯并不熟悉。阿拉尔也向姑娘询问了一番，姑娘聪慧敏锐，每次的回答都显示出清晰的智慧和批判意识。军师和众人聊得很投机，一聊就是好几个小时。姑娘听到哥哥说埃米尔宫何等豪华绝伦，转向军师问道："您的地位这么高，却选择放弃荣华富贵，过着一种修士的生

---

1 意大利南部城市。
2 拜占庭帝国君士坦丁堡历史上最重要的修道院。

活,您一定是有着崇高信仰的人。"阿拉尔一时间忘记要说什么,定定地注视着姑娘。他惊讶地发现姑娘的面容透出神秘而古老的和谐感。阿拉尔在克里特面具上见过同样的和谐。几个世纪以来,克里特人拥有天神般健康的躯干,眼睛、嘴巴、鼻子和额头形态饱满,带有地中海民族特征。女孩的微笑使他回了神,他说:"这样的生活方式和我的宗教信仰没什么大关系,只是更适合我的性格。我很抱歉,在这儿,我不能为你们提供好的住宿条件。"

阿拉尔就是这样认识安娜·阿列西的,后来他亲切地称安娜为克里特姑娘。在利坎多斯任职的最后几年,他都把安娜留在身边,到生命的尽头,他都爱着安娜。军师想方设法拖延阿列西兄妹返回君士坦丁堡的日子。后来阿拉尔又借口海港不安全,如果让安娜与众人通行,姑娘身体会吃不消,用应该让她走陆地的借口把安娜留了下来。

安娜高兴地接受了军师的提议,原来她早已对"伊利里亚人"产生了感情,而且这份爱将伴随安娜的一生。回到拜占庭后,安娜的哥哥就军师和妹妹的事情在女皇面前抱怨了一番。伊琳娜通过军师的弟弟安特罗尼克介入此事,并命令阿拉尔立刻护送安娜回皇宫。阿拉尔给弟弟回了一封信。这封信现在保存在尼西亚公会的文件档案里,它对我们了解军师的生平和他与安娜的结合很有帮助。信中写道:

我想向你和女皇解释一下安娜的情况。我对女皇一片忠心，但她身边别有用心的叛徒太多，这才迁怒于我。现在安娜为我撑起了全世界。如果不是她，我早就打算战死沙场了。你比任何人都了解我，应该理解我这么做的理由。起初，我并不了解安娜的为人，我也确实是利用了"保障安全"的借口把她留在了我身边。但后来她融入了我的生命，她和我一样讨厌宫廷烦琐的礼节，她的皮肤、她的芳香、她的话语还有她在床上的陪伴支撑着我。她的肉体是真实的，她的话语是真实的，她好奇忠诚的双眼是真实的，有了它们，我找到了每天活着的理由。这种感觉就像年少时的悸动，宫廷里的人是不会懂的。但我相信女皇会理解我的。我们认识多年，在她身为基督徒的灵魂深处一定还安睡着一位智慧的雅典女性，她还是我的挚友和保护人。我明白力排众议请求我和安娜继续在一起是很难的。如果女皇强烈要求安娜回君士坦丁堡，我也不会阻止。但是，到时候我也不会再为愚蠢、不会同情的人效劳。

安特罗尼克把兄长阿拉尔的回复转达给了女皇。女皇被"伊利里亚人"的这番话感动了，答应把这件事暂放一边。就这样，安娜在阿拉尔身边待了两年，和他跑遍了边境所有城市和哨所。阿拉尔的威尼斯朋友送给他一座位于鲜为人知的小海港的别墅，夏天二人就在那儿消暑。但是阿列西家族并不罢休。他们借女皇和几位热内亚商人谈判的机会为女皇偿还债务，然后借此向她施压，让伊琳娜不得不违心地命令安娜返回。这对情人接见了女皇的信使，和他商谈了一整夜。第二天，克里特姑娘安娜启程返回君士坦丁堡，而阿拉尔则返回其所在行省的首府。两人告别时很平静，在场的人对此感到惊奇。所有人都知道军师对安娜的感情有多深，他依赖安娜，连生活中最细微的事都要和她商量。不过军师的密友们对两人平静的告别并不惊讶，因为他们了解军师的为人和思想。一种无法抗拒的宿命观根植于军师内心，让他在人生重要关头流露出冷漠的态度。

阿拉尔再也没有提及克里特姑娘的名字。他保留着几件安娜留下的个人物品和他离开去为停靠在马耳他的船舰供应物资、提供军事服务时安娜寄给他信件。他一直保存着姑娘遗落在圣埃斯特万边境站床上的耳钉，那是他们第一次同床共枕。

一天，军师召集军官开会。阿拉尔向他们讲述了自己的想法：

"艾哈迈德·贾比尔已经集结全部兵力，准备对我们的行省发起史无前例的侵略战争。虽然埃米尔[1]没有为他提供

1　阿拉伯国家的贵族头衔。

武力支持，但答应为他关注事态发展。如果我们从叙利亚突袭贾比尔的军营，直接阻止他起兵，那我们相当有胜算。但是，一旦向贾比尔开战，那埃米尔肯定不再保持中立，一定会与我们为敌。那我们就制造出远离边防孤立无援的假象。但事实上，我的计划是：派一半兵力去偷袭，一半兵力留在边境，同时向君士坦丁堡请求秘密增援来加固边防。等埃米尔正式开战，我们就能以五十敌一。届时，他很有可能会逃回边境，准备在那儿和我们大战一场。等他到了我们的边境，那远离边防孤立无援的就是他了。

"这样，我们就能以小部分人的牺牲铲除帝国的两大危险敌人。这次我们不按传统纪律办事，我不会分别指定驻守和上前线的长官及士兵。请大家自行选择出征还是驻守。明天一早，把你们的决定告诉我。还有件事，我希望你们不要忘记：一旦上前线，谁都不能保证你们能活着回来。埃米尔一定会伺机而动，因为那是他重创我们的唯一机会。留下来请求增援的士兵站在阅兵场的左侧，决定和我一同出征的士兵站在右侧。我的话说完了。"

据说阿拉尔的部下是那样忠诚，所有人都希望与他并肩而战，最后他们决定通过抽签的方式决定谁去谁留。第二天一早，阿拉尔检阅部队，对留守的士兵们说了一席话，许多人潸然泪下。至于那些上前线的士兵，阿拉尔命令他们在叙利亚某地集合。两个星期之后，那里集结了大约四万士兵。他们在"伊利里亚人"的领导下,深入小亚细亚的大山之中。

阿拉尔的军事行动在阿莱克修斯[1]的《军事关系》中有详细记载。此书记载了当时的军事历史,对后世研究土耳其征服拜占庭帝国的背景提供了至关重要的信息。阿拉尔是对的,他用最少的损失击败了艾哈迈德·贾比尔,贾比尔只能逃回自己的军区。军师在返回的半路上遭到了土耳其军队的埋伏。后者对其穷追不舍。为了防止进入叙利亚的部队全军覆没,阿拉尔兵分三路,分别向拜占庭帝国内陆地区进发。土耳其人上当了,以为阿拉尔率领的左翼军队就是核心军队,对其穷追不舍。在穆斯林军队的昼夜追击下,阿拉尔下令在卡兹赫布扎营,与敌人决战。军队按照拜占庭传统组成方队,首先向土耳其部队方向突袭。另外两路部队安全返回了拜占庭帝国,并与前哨阵地的士兵汇合,但是阿拉尔的部队遭到了穆斯林部队弓箭的袭击。到了被围困的第四天,阿拉尔决定晚上出击,以便第二天一早从敌人后方突袭。这样有可能让敌人误以为是利坎多斯的援军到了,吓跑他们。阿拉尔召集了马其顿骑士和两队保加利亚士兵,命令他们出击。大家冷静地接受了军师的意见,半夜时分向漫无边际的潮湿沙漠进发。他们没有惊扰土耳其军队,悄悄越过了军队

1　阿莱克修斯·科穆宁(1081—1118),拜占庭帝国科穆宁王朝的第二位皇帝。

防线，在山沟里埋伏着等待黎明的到来。但上天总是不眷顾希腊人，第二天清晨埃米尔的大部分军队也到达了战场。天一亮，雨点般的利箭从四面八方落下，宣告了他们的结局。土耳其近卫军和步兵像潮水一样涌来包抄了阿拉尔等人埋伏的山沟。"伊利里亚人"的军队连上前肉搏的机会都没有，向他们射来的利箭是那样密集，就像一道屏障阻隔了他们。马其顿骑士们疯了一般发起冲锋，但没几分钟就被近卫军杀得一干二净。几个保加利亚士兵和军师的私人护卫站在阿拉尔周围，阿拉尔漠然地注视着敌人的杀戮。

第一支箭射中了阿拉尔的背部，从肋骨靠下的地方穿过他的身体。在阿拉尔完全失去知觉之前，他用宝剑劈开了正在马背上射杀保加利亚士兵的土耳其弓箭手。第二支箭射中了阿拉尔的喉咙。鲜血喷涌而出，他用斗篷包裹着自己的身体，脸上带着微笑倒在了地上。那些虔诚的保加利亚士兵为军师唱起宗教颂曲和对基督的赞美诗。军师在这些殉道者单调的歌声中渐渐走向死亡。

军师忽然觉得自己一直坚持的理念被证实了。真的，我们一生下来就掉进了陷阱。那些人类为了追求真理付出的努力、似是而非的宗教信仰、短暂而摇摆不定的信念，还有那些被扭曲了的历史进程，抑或古希腊人和罗马创造的政治理念和国家体制，对阿拉尔来说，都是小男孩愚蠢的游戏。在血液快要流干、生命即将消逝的关头，阿拉尔努力寻找曾经活着的意义，希望能平静接受自己的虚无。忽然，一口血猛地上涌，他想起了安娜，那个赋予他生命意义的人。他想起了安娜雪白的胸脯上细细的蓝色血管、她惊讶时不自觉放大的瞳孔、伴他入梦的亲密接触、每个夜晚两人像海浪一样此起彼伏涌动着的呼吸声……安娜的双手白皙坚实，指甲就像杏仁一样。她倾听军师说话的神情、她的步态，所有有关她的回忆都醒来了，它们告诉军师：他这一生没有白费。我们无可希求，除了一种秘密的和谐。那种和谐把我们暂时同其他生灵神秘地结合起来，让我们与他人相伴走过一段路。通过这份和谐，另一个人试图与他所爱的人交流，满足它的孤独中的呼唤。无论这种联系多么不完美而且松散，它们都足以给军师带来一种巨大的幸福感，它同涌出的鲜血融合在一起，陪伴着军师向死亡走去。最后一箭射中了军师的心脏。他躺在地上无法动弹，但是他的心绪杂乱，又很高兴，因为他知道了，谁才是这场死亡的主人。

最后的面容

（片段）

最后的面容是死亡迎接你时的那副面容。

——摘自十一世纪圣山[1]修道院图书馆佚名手稿

接下来这个故事摘自第二次世界大战结束后，一位伦敦书商拍卖售出的一扎手稿。手稿是尼姆伯格-那皮耶尔斯基家族遗产的一部分。该家族的最后一名成员是法国将领，在米尔斯克比尔大海战[2]中牺牲。尼姆伯格-那皮耶尔斯基家族在法兰西帝国沦陷前几个月逃到了英格兰，随身只带了一些最珍贵的祖传物件：一把手柄镶嵌着红蓝宝石的指挥刀——这是约瑟夫·波尼亚托夫斯基[3]元帅为了赞赏那皮耶尔斯基在弗里德兰战役[4]中的英勇表现，赠予上校米耶西斯拉夫·那皮耶尔斯基的礼物；德拉克洛瓦[5]的一系列素描

---

1 又称阿索斯山，位于希腊东北部。拜占庭时期，阿索斯的修道院直接归君士坦丁堡管辖。
2 又称凯比尔港海战，指英国海军于1940年7月3日对法属阿尔及利亚沿海凯比尔港基地内的法国海军战舰发动的袭击。
3 约瑟夫·波尼亚托夫斯基（1763—1813），波兰领导人、将军，曾被赐予帝国元帅头衔。
4 弗里德兰战役，拿破仑战争中法军与第四次反法同盟军队在弗里德兰进行的决战。
5 欧仁·德拉克洛瓦（1798—1863），法国著名画家，浪漫主义画派的典型代表。

和画像——都是尼姆伯格-波拉克王子从这位艺术家手中买下的;还有祖父尼姆伯格-那皮耶尔斯基的古旧硬币收藏,祖父在搬到伦敦后不久就去世了;最后就是开头提到的手稿了。

那皮耶尔斯基上校的手稿最后落到我们手里,完全是偶然。我们正在翻阅手稿寻找和拜伦[1]战役有关的细节,忽然一个地名和日期吸引了我们的注意:圣玛尔塔[2],1830年12月。上校的手稿字迹宽大、清晰,在阅读过程中,有趣的内容让我们很快把拜伦战役抛在脑后。手稿并没有按任何顺序排列,从墨迹颜色、某些名字和日期来看,我们大致可以判断哪些是属于同一时期。

米耶西斯拉夫·那皮耶尔斯基曾到过哥伦比亚,在玻利瓦尔的军队中服过役。那皮耶尔斯基的妻子是阿德哈乌娜·德·尼姆伯格-波拉克女伯爵,在第二个儿子出生时死于难产。作为优秀的波兰人,上校准备在美洲大陆追寻因帝国衰亡而中断的冒险之梦的自由与牺牲之地。他把两个孩子托付给妻子的家人照顾,只身坐船前往卡塔赫纳[3]。船只在古巴靠岸时,不知因为谁暗中告发,上校被逮捕并关进圣地亚哥的监狱。他在那儿度过了几年,后来设法越狱逃到了牙买加。

---

1 西班牙安达卢西亚地区的一座城镇。1808年,该城镇是西班牙人抗击拿破仑入侵的战场。
2 哥伦比亚加勒比地区北部沿海城市。1830年,西蒙·玻利瓦尔在圣玛尔塔逝世。
3 现哥伦比亚北部沿海城市。

在金士顿，他搭上了英国人的船"沙农"号到达卡塔赫纳。

这里我们只抄录日记中提到的一个男人以及与此人死亡有关的段落，略去了那皮耶尔斯基所有与哥伦比亚历史无关的评论和叙述，因为无关的内容会冲淡一个戏剧性结局的发展进程，使它变得含混不清。

那皮耶尔斯基的这部分日记是用西班牙语写成的，他在拿破仑大军占领西班牙期间学会了这门语言。上校与不少流亡巴黎的波兰诗人是朋友，其中关系最好的是亚当·尼科耶维茨，上校曾让他在自己家中暂住。从日记某些段落的语调中，我们还可以看到这些流亡诗人对上校语言的影响。

6月29日

今天我认识了玻利瓦尔将军。我想把他说过的每一句话、做的每个动作和表情都牢牢印在我的脑子里。他思想激荡又十分健谈，以至于我感觉我们仿佛相识多年，好像我一直都在他的指令下南征北战。现在，我想把我们会面的所有细节都记录在纸上。

今天早晨，我乘坐的帆船在帕斯特利略堡垒外靠岸。上午十点左右，一位副官来找我们。我和船长，还有一位名叫佩吉的英国领事下了船。上岸后我们去了一个叫作波帕山麓的地方。这地方位于同名的波帕山山坡上,山顶是现在被用作军事要塞的陈旧修道院。玻利瓦尔是从一个叫图尔瓦克[1]的小镇子转移到波帕的。按照玻利瓦尔的打算,应该过不了几天他又会迁往下一个地方。

我们走进一幢大房子,院子里铺着石子,种植的天竺葵已经有些凋谢,厚厚的围墙营造出军营的氛围。我们在一间小客厅里等了一会儿。厅里的家具参差不齐,破烂不堪,光秃的墙壁因为潮湿大部分都发霉了。没过多久,伟大解放者的副官伊巴拉走了进来,告诉我们将军正在换衣服,过几分钟就可以接见我们了。不一会儿,一扇紧闭的门移开一条小缝儿,一个黑人探出脑袋,他手上拿着衣物和毛毯,给副官使了个眼色,示意我们可以进去了。

置身于那个空荡荡的大房间时,我的第一反应是惊讶。屋顶很高,房间里是镶板式天花板,角落里放着一张行军床,床头柜上堆满了书籍和文件。和外面的墙壁一样,这间房的墙壁上也布满了潮湿的霉斑。除了一把涂料脱落而且摇摇欲坠的高背椅,房间里没有其他的家具和装饰了。椅子朝向种满橙子树的内院,橙花的香气与古龙水的味道交缠着,弥漫开来。我以为我们还会去另外一个房间,目前我身处的是某位助手的房间。这时,一个虚弱的声音从椅子后面传

---

[1] 现位于哥伦比亚玻利瓦尔省,距卡塔赫纳20分钟车程。

来，那是纯正的法语，几乎没什么口音。

"请进，各位先生，椅子马上拿来。因为这是我们的临时住所，房里的家具太少了，真抱歉。我自己没办法起身，诸位请原谅。"

我们上前同这位大英雄打招呼，同时几位黑白混血的士兵把椅子搬到病人落座的那把椅子前面。趁着玻利瓦尔和船长谈话的时间，我仔细观察他。让我感到惊讶的是，他虽然身材矮小，但是眼睛明亮且充满活力，特别引人注目。玻利瓦尔的面色晒得黝黑，但是透过他精致的衬衣可以看到他身上橄榄色的皮肤，可见热带的骄阳和海风没有在他身上留下多少痕迹。他的额头宽大，堆积着无数条时隐时现的细纹，使面部不自觉地呈现出一副痛苦的表情。他的嘴巴窄小，周围都是深深的皱纹，和额头的细纹相呼应着。我不禁想起梵蒂冈博物馆里恺撒的面部表情。他的下巴略尖，鼻子高大，这稍稍缓和了痛苦的表情，也显示出他正全神贯注地投入与来访者的对话中。他的手指细长，骨节明显，指甲同杏仁一般光洁无瑕。这样的手似乎并不符合一位身经百战、历经艰辛、征战沙场的人物形象。

解放者——我忘了说，这是哥伦比亚国会授予玻利瓦尔的头衔，这个名字总是比他的名字或官方头衔更广为人知——的一个动作给我留下了深刻的印象，好像这是他与生俱来的习惯。他用手轻轻拍了拍额头，然后把手慢慢往下移,用大拇指和食指托住下巴,最后长时间地注视着正在与其对话的人。我正在全神贯注地观察玻利瓦尔,他忽然打断了船长关于从欧洲出发的旅途的长篇大论,开始向我提问。

"那皮耶尔斯基上校,我听说您曾经为波尼亚托夫斯基元帅效力,与他在莱比锡[1]并肩作战。"

"是的,阁下,"我没想到玻利瓦尔会向我询问,局促地回答道,"我很荣幸在他指挥下的长矛骑兵部队作战,也目睹了他牺牲在埃斯特河里。那是一次可怕而令人痛苦的经历,最后只有几个人到达河的对岸,我是其中之一。"

"我非常佩服波兰和波兰人民,"玻利瓦尔对我说,"你们是欧洲唯一的真正的爱国主义者。很遗憾,您迟迟未到这片大陆。我早就想让您在我的参谋部里任职了。"说到这,玻利瓦尔沉默了,用眼睛注视着纹丝不动的橙子树树叶。"我在巴黎博托卡伯爵夫人的客厅里结识了波尼亚托夫斯基王子,他是一位高傲而热情的青年,但是在政治方面有些弄不清形势。他的弱点是养成了英国人的习惯,忘记了英国曾是阻碍波兰自由的主要力量。在我的印象里,他身上既有勇敢和冒险精神,又十分天真。这在政坛上是一种十分危险的品质。最后他作为一位伟大的士兵死去。每每我穿过一条河流(我一生成功渡过许多河流,我的上校),我都会想起波

---

1 此处指1813年莱比锡战役,反法同盟军德意志解放战争的决定性战役。

尼亚托夫斯基：他沉着冷静，骁勇善战。人应该和他一样死去，而不是死在我这样羞耻和痛苦的征程上。这个国家的人不喜欢我，也不承认我做出的贡献。"

一位长着茂密的泛红胡须的年轻人打断了病恹恹的玻利瓦尔，他的话被过于复杂的情绪冲击得断断续续："几个小人的观点并不能代表整个哥伦比亚，阁下。您要知道，还有许许多多哥伦比亚人因为您的贡献对您心怀感激。"

"也是，"玻利瓦尔脸上的表情让人看不清情绪，"也许你说得对，卡雷尼奥。但是，在我离开波哥大或是途经马利基塔的时候，你说的那些人一个都没有来欢送或是迎接我。"

我不太明白这话里的意思，但是我发现在场的人脸上都露出了羞愧和不安的表情。玻利瓦尔转身看向我，兴趣盎然地说："现在您应该知道这儿的一切都已经结束了。上校，您想做些什么呢？"我回答说："那我准备尽早动身回欧洲了。我还有些家事需要处理，得回去料理我那不算多的家产。"

"也许我们可以一起走，"玻利瓦尔盯着船长对我说道。

船长解释说，现在帆船还要去瓜伊拉[1]，然后再回到圣玛尔塔，届时再启程前往欧洲。船长说他的帆船只有在返程的时候才会接收新旅客，因为到委内瑞拉一去一回最多要两三个月，那儿有一批从内陆来的货物。但是船长表示，"沙

---

[1] 现委内瑞拉港口城市。

农"号能迎接玻利瓦尔这位贵宾,他备感荣幸。他会从现在起就着手准备,确保"沙农"号回到圣玛尔塔接玻利瓦尔登船时,他能在船上享受舒适的疗养待遇。

听完船长的解释,伟大的解放者脸上摆出亲切而略带嘲讽的表情:"哎呀,船长,看来我注定要死在背叛我的人民身边了。盲人俄狄浦斯最终得以离开可憎的土地,但我,连这样的结局都配不上。"

玻利瓦尔沉默了良久,房里只有他沉重的呼吸声,以及不知是军刀还是椅子摇晃发出的吱呀声。谁也不敢打断玻利瓦尔的沉思,从他凝视院子的宁静空气的目光中可以看出他正在思考着什么。最后,英国领事站起身来,我们也学着他的样子起身告辞。玻利瓦尔从痛苦的沉思中回过神来,牢牢地盯着我们,好像在看一个不属于他的世界。和我握手的时候他说道:"那皮耶尔斯基上校,只要您愿意,请随时来陪伴我这个病人。我们可以聊聊以前的事、别的地方的事。这对我们俩都有好处。"

我很感动,回答他:"我一定常来,阁下。对我来说,能够拜访您是我至高的荣幸。帆船还要在这停留几个星期,我一定不会辜负您的好意。"身处简陋房间里的我,在听完这位英雄坦诚的讲话后突然感到一阵茫然。

入夜了,周遭一丝风也没有。我走到船桥上,想呼吸呼吸新鲜空气。头上一群小鸟飞过,划破了宁静的夜幕,把唧唧喳喳的声音洒落在海湾平静的水面上。远处屹立着圣费利佩堡垒。所有这一切中似乎有一种永恒的存在，一种陌生的气氛使我想起了我不知在何时何地了解过的事物。城墙和堡垒让人想起从热带沼泽和藤本植物中崛起的中世纪时代——阿勒颇古城墙[1]、圣胡安·德·阿克雷[2]和黎巴嫩的克拉克斯。与死亡的孤独斗争使一位受人钦佩的战士陷入了痛苦和失望之中。我何时何地经历了这一切？

6月30日

昨天我派一个水手去打听解放者的身体状况，顺便看看能否在他有所好转时再次拜访。水手回来说，解放者昨天晚上状况特别差，发高烧了。玻利瓦尔也派人给我传话了，如果第二天他的身体好转，他会让人告诉我可以见面。果然，今天下午两点钟，正是一天最热的时候，一位蒙蒂利亚将军和一位我不记得名字的军官来找我了。"今天解放者感觉好一点儿了，他很高兴能和您见面，"蒙蒂利亚将军如是说。显然，这应该是病人的原话。玻利瓦尔是军人、政治家，他的言谈举止富有魅力。他过去是领事馆的常客，这样一位显

---

1 现叙利亚城市阿勒颇。
2 也称"阿卡"，位于以色列北部的城市。是持续有人类居住的最古老的城市之一。

赫的人物却如此直爽、平易近人。这使我想起了麦克唐纳元帅[1]也就是塔兰托公爵或费尔南·努涅斯伯爵。除此之外，玻利瓦尔说话时带一点属于美洲出生的欧洲后裔特有的口音，兼具随性和热情。众所周知，这使他很受女人欢迎。

我被带到了种着橙子树的院子里，里面挂着一张吊床。连续两夜的高烧在玻利瓦尔脸上刻下了痕迹，犹如戴上了弗里吉亚[2]人的面具。我走上前去问候他，他说不出话，他用手指着一把刚刚送过来的椅子示意我坐下。副官伊巴拉低声对我解释，他刚才咳嗽咳得很厉害，痰里还有血。于是我打算离开，不再打扰病人，可他却欠起身子，用嘶哑的声音对我说道："别，别走，上校，请您不要走。过一会儿我就好，我们可以聊一会儿。这对我有好处……我求求您，留下来吧。"

我为他受如此折磨感到痛苦。他闭上眼睛，几道隐约可见的阴影从脸上掠过。他的表情缓和下来了，额头的皱纹被抚平，嘴角也变得平整，几乎露出了笑容。伊巴拉悄悄退了出去。我坐了下来，过了大概一刻钟，玻利瓦尔从沉睡中醒来。他请我原谅他，他以为自己可以撑住与人进行对话，才请人把我找来。"谈谈您自己吧，"他打着手势，强调着补充说，"您对这一切有什么看法？"我回答说，准确地说出

---

[1] 埃蒂安-雅克-约瑟夫-亚历山大·麦克唐纳（1765—1840），法国大革命战争及拿破仑战争时期的法国将领。
[2] 历史上消失的古国，大致位于今土耳其中西部。

我的看法有些困难。我告诉他我晚上在城墙前的感受，那种永恒而模糊的感受让我陷入我不知道何时何地见证过的事物中。后来他谈起了美洲，谈起了在他的剑下诞生的共和国。可是如今，曾和他最亲密的国家与他没有了半点关系。

"在这里，人类的每一桩事业都半途而废，"他说道，"这里的自然景观令人眼花缭乱，河流磅礴呼啸，万物杂乱无章，原始森林浩瀚无边，气候恶劣，无一不扰人心智，试图摧毁我们从你们那里继承下来的、那些为了生存必不可少的理由。这些理由给予我们前进的力量，但是在征途上，我们在空洞的言辞和鲜血四溅的暴力中迷失方向。我们知道过去本该做什么但没有做。这是一种觉悟，它活跃在我们的内心深处，让我们反思过去，同时又在某些事情上使我们感到迷茫落空、烦躁不安，反复无常。我们这些把生命中最美好的时光埋葬在这些山里的人，我们太了解这种想法了，如果走极端，有百害而无一利。您知道吗，当我为奴隶争取自由时，有人正企图通过阴谋破坏我们的计划，阻止我们成功，那些人曾是我的战友，曾经同我一起越过安第斯山，一同在巴尔加斯沼泽地、在博亚卡、在阿亚库乔取得重大胜利。他们曾经落在西班牙人手中，在卡塔赫纳、卡亚俄和加的斯都坐过牢，受过难以想象的折磨。如果不是因为不知道自己是谁、不知道自己来自哪里、不知道人生到底是为了什么，如果不是因为这些让他们的灵魂变得小气而贫乏，这又能怎解释呢？我早早发现了他们的弱点，我总想帮助他们改正和克服。可是现在，我却成了不招人待见的预言家，变成了一个讨人厌的外国人。所以，亲爱的上校，我在哥伦比亚已经是个多余的人了。不过我的情况已经这般，看来是老天要我一只脚踩在马镫上死去。这表明，我的归宿，那属于我的坟墓并不在大西洋彼岸。"

玻利瓦尔越说越激动，我连忙请他休息一会儿，希望他能尽量把那些无法补救的、人类命中注定的往事都忘记。我对他谈起了欧洲历史上的一些悲惨的事件。他思考了一会儿，他的呼吸渐渐平静，眼神中那种令人生畏的情绪也渐渐退却。

"就这样吧，那皮耶尔斯基，算了。事情到了这种地步，于事无补了，"玻利瓦尔指着胸脯说，"我们不能把痛苦埋在心里以阻止死神的肆虐。最好是把痛苦都吐出来，和您这样的朋友聊一聊，这样才少伤身体。"

我大为感动，因为这是玻利瓦尔第一次对我敞开心扉。我又对他谈起了欧洲的情况：那儿也有些人正在错误的道路上，企图恢复帝国的荣耀。当政的人一意孤行，企图用传统手腕和方法阻止一些不可逆转的历史进程。我和他谈到了俄国人在我国建立的强权、我们在巴黎准备的起义还有我们希望的落空。他兴致勃勃地听着我讲话，脸上还带着淡淡的微笑，那是怀疑但不想失礼的表情。

"那皮耶尔斯基,你们会摆脱那些危机的,你们就是从那些充满黑暗的时代走过来的。欧洲繁荣昌盛的新时代就要到来,曙光就在前头。而在美洲,我们将陷入毫无意义的内战之中,到处都是钩心斗角和肮脏的阴谋。我们曾经付出了巨大的牺牲才获得自由;现在,我们的全部精力、全部信仰、全部理智都将被战争和阴谋吞噬。无药可救了,上校,我们就是这样的人,生来就是……"

副官伊巴拉打断了我们的谈话,他交给玻利瓦尔一封信。玻利瓦尔立刻认出了信封上的笔迹,他笑着对我解释说:"抱歉,那皮耶尔斯基,请允许我阅读一下这封信。此人一直以来对我忠心耿耿,我还欠他一条命。"为了让他能安心看信,我退到一个角落里,和伊巴拉讲起了我的计划的一些细节。

信有两页,字体很小,但是大写的字母倒是很大,就像阿拉伯式花纹一样,玻利瓦尔读完信以后,把我们叫到他身边。他好像变了一个人,可以说青春焕发,我们默默地待了一阵子。他透过院子里盛开的橙花望着天空,深深地叹了一口气,用某种轻松甚至打趣的声调对我说:"带着一颗年轻的心死去是有好处的,上校。对于死亡,无论是阴谋家的卑劣手段,还是被亲密战友遗忘,抑或是大自然的肆虐导致全身疾病,这些都拿我没办法。我需要一个人待一会儿。请您多多来这拜访。您已经是我们中的一员了,上校。您的西班牙语讲得非常好，当然我们还可以用法语对话，长时间不说都生疏了。"

我看到病人的情绪大有好转，高兴地离开了。在回到船上以前，伊巴拉带我去市中心买了点东西。这座城市有些加的斯的风貌，也很像突尼斯或是阿尔赫西拉斯[1]。我们走过洁白的林荫道，街道两边一幢幢房子都带阳台和院落。那些院落宽大，里面栽种着绿油油的树木，给人清新凉爽的感觉。我们在街上走着，伊巴拉给我讲起了玻利瓦尔同一位厄瓜多尔女士的爱情故事，就是这个女人救了他的命。一天，几个阴谋分子闯进他们在波哥大圣卡洛斯宫的房间里，这位女士只身一人勇敢地与他们周旋，使得玻利瓦尔死里逃生。那些人本是玻利瓦尔的老战友，其中大多数是他一手栽培起来的，现在居然企图杀害玻利瓦尔。现在，我明白了他下午那番话中的苦涩。

7月1日

我决定留在哥伦比亚，起码留到帆船从委内瑞拉返回之时。至于留下的理由，我很难在这里写清楚；我恍恍惚惚觉

1　西班牙南部港口城市。

得应该留在玻利瓦尔身边。他今天病情恶化了,离死神越来越近,而那些有负于他的人,如果不是憎恨他,就是对他冷眼相看。

我曾经想要参加大哥伦比亚军队,但一些意外让我没能如愿。现在,能够陪伴在这支军队的组织者、辗转五个国家屡建战功的统帅身边,以显示我的忠心,应该是再合适不过了。尽管他身边有五六个人对他忠心耿耿、关怀备至,但没人能给他精神上的慰藉。而我和玻利瓦尔受过相同的教育,有类似的身世,我的陪伴可以给他这样的安慰。尽管我们之间存在尊重的距离,但我意识到有些问题他只和我谈论。他兴趣盎然,好像见到了久别重逢的战友。我甚至在他法语语调转折中找到了熟人的感觉,他说的法语也和巴拉斯[1]、塔列朗[2]和约瑟芬[3]在政府大厅使用的一样。

玻利瓦尔的病情又恶化了,据医生说,他很难再好转了。为此,我非常怀疑那位医生的医术。病情恶化的导火索是昨天传来的一个消息。当时他正在屋子里,躺在行军床上休息。他一天大部分时间是在椅子上度过的,坐累了便在床上休息一会儿。房间外一阵急促的低语,随后有人敲门。

"是谁送来的信?"玻利瓦尔欠起身子问道。

---

1 巴拉斯(1755—1829),法国政治家。
2 塔列朗(1754—1838),法国政治家。
3 约瑟芬(1763—1814),法国皇后,拿破仑的第一任妻子。

"是波哥大来的信，阁下。"伊巴拉回答。

玻利瓦尔想站起来，但一阵咳嗽，又不得不靠回床上。我递给他一杯水，他喝了几口，把水交给他的副官。尽管伊巴拉在努力克制，但他的脸色还是很难看。玻利瓦尔看着他，诧异地问："谁送来的信？"

"是阿拉索拉上尉，阁下。"伊巴拉没有底气地回答道。

"阿拉索拉？桑坦德[1]的助手阿拉索拉？与其说是送信，不如说是来打探消息的吧。行，让他进来吧。可是，伊巴拉你怎么啦？"

"我的上校……，阁下……，您可要做好准备啊，这是坏消息。"

伊巴拉的眼泪都快掉下来了，他不得不转过身去，走出房间。他正在和一个人讲话，外面传来跑步声，不少人都聚集到了送信人的身边。玻利瓦尔神情严肃，直直地盯着房门。伊巴拉又走了进来，后面跟着一位全身穿着军装的军官，脸上有一条深色的细长伤疤。来人用不安的目光环视了一圈房间，最后停留在床上；在场的人都注意观察着他。他立正说："上尉文森特·阿拉索拉，阁下。"

"请坐，阿拉索拉，"玻利瓦尔边盯着他边说，"请问您给我们从波哥大带来了什么消息呢？那儿的情况怎么样？"

---

[1] 桑坦德（1792—1840），哥伦比亚独立运动领导人之一。1817 年加入玻利瓦尔领导的军队，后因政治理念不同与玻利瓦尔产生分歧。

"情况很紧张，阁下。我真害怕我带来的消息会损伤您的身体。可是，我不得不把事态告诉您，我为此感到抱歉。"

这时玻利瓦尔的双眼睁得格外大，呆呆地盯着一处。

"这世上已经没什么事能伤到我了，阿拉索拉。冷静一点，和我说说是怎么回事。"

上尉迟疑了一下，他想说点什么，但一开口就后悔了。上尉从文件夹里取出一封印有哥伦比亚国徽的信递给了玻利瓦尔。玻利瓦尔拆开信封，阅读了那几行仓促写下的字。这时，蒙蒂利亚将军悄悄走了进来，他的目光里闪着怒火，脸色苍白。行军床上传来受伤野兽的嘶吼，玻利瓦尔像豹子一样跳下床，抓住上尉的衣领，用可怕的声音喊道：

"这群混蛋！竟然干出这样的事，到底是谁？都是谁，告诉我，阿拉索拉！我命令你，告诉我！"他拖拽着阿拉索拉，我们从来没见过病中的玻利瓦尔有这么大的力气。"谁干出了这种卑鄙的勾当！"

伊巴拉和蒙蒂利亚连忙跑过去把两人分开。阿拉索拉惊恐又痛苦地看着玻利瓦尔，而玻利瓦尔一甩手，从副官和将军胳膊中挣脱出来，摇摇晃晃地走到椅子旁边，背朝我们坐了下来。我们不知道怎么办，过了一会儿，蒙蒂利亚给我们使眼色，让我们都退下，留玻利瓦尔一个人在房间里。走出房间时，我隐约看到玻利瓦尔的双肩上下耸动，他在哭，哭得很伤心。

我走到院子里,看到在场的人都满面忧伤。我和劳伦西奥·席尔瓦将军比较熟,所以我走到他身边询问到底发生了什么。他说阿亚库乔大元帅安东尼奥·德·苏克雷[1]遭遇埋伏身亡。

"他是玻利瓦尔将军最亲密的朋友,解放者如父亲般爱戴安东尼奥。他不思名利、谦虚谨慎,简直是个圣人。我们大家都很尊重他,全军将士都尊敬他。"劳伦西奥将军一边说一边擦眼泪,脸上一副绝望的表情。

整个下午我都待在波帕山麓,在走廊和院落里散步,直到夜幕降临,我碰见了蒙蒂利亚将军,他陪席尔瓦和阿拉索拉来找我,邀请我同他们共进晚餐。

"上校,现在您不能离开我们,"蒙蒂利亚向我请求,"请和我们一起陪陪玻利瓦尔。这个消息对他的打击太大了,他这一辈子受的苦难加在一起也比不上这个噩耗。"

我接受了他们的请求。我们在朝向圣费利佩城堡的饭厅里坐下,桌子已经摆好了,今天晚饭的时间很长,谁也不敢去打扰病人。快十一点时,伊巴拉端着烛台和一杯茶走进房间。他在里面待了一会儿,出来的时候对我们说,玻利瓦尔想和我们待一会儿。玻利瓦尔躺在行军床上,裹着床单,他的体温太高了,汗水都浸湿了床单。他的脸色

---

[1] 安东尼奥·德·苏克雷(1795—1830),是19世纪南美洲独立领袖、将军和政治家,也是西蒙·玻利瓦尔最亲密的朋友之一。

很难看，好像戴着古希腊殡葬面具。眼睛深深陷在眼窝里，烛光下，我们只能看见眼眶那儿两块凹陷正一张一合，露出痛苦不堪的样子。

我走过去，向他表示我对安东尼奥元帅之死的哀悼。他没有答话，只是拉着我的手。我们坐在行军床边上，不知道说些什么才能让玻利瓦尔摆脱痛苦。而玻利瓦尔，突然转向席尔瓦，用深沉的声音问了一个问题。他的问话声响彻整个房间，话音深沉，仿佛是在一个洞穴中讲话："苏克雷多大年纪？您知道吗？"

"三十五岁，阁下。二月份刚过生日。"

"他的妻子呢，在哥伦比亚吗？"

"不在，阁下。她一直在基多[1]等他。他本想去那儿和妻子团聚的。"

接着又是一阵沉默。伊巴拉又端来一杯茶。医生说喝茶可以帮助退烧，他让病人喝了几口。玻利瓦尔从床上坐起来，我们在他背后放了几个垫子，让他靠着舒服些。大家开始闲聊了起来，那种为了回避某种烦心事而开始的闲聊。忽然玻利瓦尔开口了，他一会儿自言自语，一会儿又对着我说："苏克雷的死暴露了他们的企图，他们是直接把刀子砍在了我身上。这只是第一刀，他们还在试探。那皮耶尔斯

---

[1] 厄瓜多尔首都。

基,您本可以认识安东尼奥的。他热情活泼,走起路来肩膀一起一落,身体轻盈,那样子就像为了悄悄穿过大厅不被人发现。还有,他总是用手指抚摸着指挥刀的刀柄。他的声音很尖,说话时字母's'的发音就像吹口哨一样,马努埃拉喜欢学他说话。马努学得很像,每次都能让安东尼奥不好意思地脸红。他沉默时,像个害羞的人。每当问他问题,他的回答总是清楚直白,而且突然又果断,突然得就像他的死亡。有一次,他在利马对我说,'我们以后都会因为年老而死去。我们经过了枪林弹雨的考验,没有谁能够杀死我们……'他总是充满幻想,总是宽宏大量,总是轻信他人,总是只看到别人的优点。他自己也具备许多一样的优点,但他从不张扬。贝鲁埃科斯……贝鲁埃科斯山啊,安东尼奥这一步走错了。阴森森的大山里,猿猴尖锐的啼叫总是跟随着我们的人的脚步。还有那些坏蛋……总是给我们制造麻烦。他们从来没公开与我们结盟,因为他们是最卑微的人群,得到王权恩惠最少的人,因为也是最屈辱的人、力量最弱的人。多年的辗转,多年的整顿、为难、建设,有什么用啊!到头来还是死在那些蠢蛋手里。那些狡猾的政客都是笑面虎,口蜜腹剑、杀人不见血。在这儿,人都愚昧得很。死神把优秀的人带走了,一切都落到了像狐狸一样狡猾的人手里,一切都被掌握在阴谋家手里!他们在大肆挥霍我们用巨大痛苦和牺牲换来的成果……"

玻利瓦尔说完把头靠在枕头上。他的高烧迟迟不退，全身都在颤抖。他又把眼光放在伊巴拉身上。

"不去法国了。我们再不受欢迎，也要留下来！"

忽然玻利瓦尔感到一阵恶心，他在床上蜷起身子，呕吐和疼痛差点让他失去知觉。一摊血在床单上蔓延开来，滴落到地上。他的目光茫然，低声说起胡话来："贝鲁埃科斯……贝鲁埃科斯……为什么要对他下毒手？为什么要这么对他啊？"

说完，玻利瓦尔昏了过去。有人把医生找来，医生仔细检查过后，只对我们简单说了几句话。病人已经筋疲力尽，恕他直言，病情恶化很严重，到底是什么病，现在还不好说。

我在这儿一直待到第二天凌晨才回船上。在船舱里，我久久地沉思。我刚和船长沟通过了，我决定留在卡塔赫纳。等他从委内瑞拉回来。船长估计需要两个月的时间。明天，我要去找我的朋友席尔瓦将军，请他帮我在城里找个住处。现在的天气越来越热，城墙那边开始飘来腐烂瓜果海鲜的臭味了。

7月5日

昨天从法国来的邮件到了。我收到了儿子的信和给我在波哥大的银行代理人的信用票据。这一下,我在哥伦比亚居住的费用有了着落,我可以留下来,直到玻利瓦尔的病情好转到可以让我离开这里为止。

今天下午,阿拉索拉上尉陪我去城墙边上散步。我们谈了很长时间,说实话,我承认我对他的印象并不好,因为每当提及他的名字,玻利瓦尔还有他的部下都是一副不高兴的样子。但是,我现在觉得,他不但讨人喜欢,而且是个无可挑剔的战士。阿拉索拉脸上有道疤,是打仗时留下的刀伤。当时几乎是他一个人用一门火炮战斗到天黑。他抱怨自己的战功没有得到官方的承认,他对此很不满。但是,他的不满也不是针对某个领导人,而是针对国内存在的这种混乱、不和的现象。后来他在波哥大与政治家和评议员们频繁接触,也学会了隐藏自己的真实想法。他崇敬玻利瓦尔,但是认为后者太过理想化,这就成了一个人的弱点。他认为玻利瓦尔和桑坦德一样是圆滑、能干、有城府的人;但是桑坦德更善于玩手段,与一些人结盟窃取了独立战争的成果。

现在,我和这里的人交往多了,对他们的了解也深了,他们给我留下的印象也越来越深。他们都才华横溢,和他们的交往非常优雅和轻松。但是很多人对他们所生活的现实的看法非常模糊。也许是因为独立以后享受的荣华富贵不如以前多,不少人内心还有些怀念他们所不齿的宗主国时代的辉煌。在这些人面前,玻利瓦尔比他们高尚。玻利瓦尔的青年时代是在马德里王宫、巴黎的督政府大厦和帝王宫殿里度过的,灯红酒绿。他曾一度和"旧制度"的代表者关系密切,但他始终保持着良好的行为和思想,对他本人和这些共和国的命运有着正确的认识。

阿拉索拉给我讲了去年"九月密谋"[1]事件的一些细节。他说这一事件背后的真正策划人没有得到应有的处罚,是玻利瓦尔太仁慈的结果。仁慈是玻利瓦尔性格中的一大特点,其次,他是不可知论者和宿命论者。到这里,我想到了玻利瓦尔与人交往时总是保持一定距离的习惯。几天前,他说过一句话:"与任何人交往都会播下倒霉的混乱种子,它将把我们拖向死亡。"我们还谈到了玻利瓦尔的爱情,他很爱马努埃拉。然而在他的内心深处,他和马努埃拉并不亲近,他们始终保持着一段距离。

7月10日

今天,玻利瓦尔给我讲起他这几天反复做的一个梦。他总觉得这意味着什么。我们谈起了罗马人如何看重梦的寓

---

[1] "九月密谋"发生在1828年,是大哥伦比亚共和国联邦派密谋暗杀玻利瓦尔的行动。后来密谋行动失败,有的密谋者被处死,有的被监禁。与玻利瓦尔有争执的桑坦德被指控与密谋有牵连,被玻利瓦尔流放。

意，他说：

"我给您讲个梦。我说得可能不太准确，但是几个星期来，我一直在做同一个梦。这梦到底意味着什么，我一点儿也说不准。梦里我睡着了，旁边窗子开着，院子里的橙花香气飘进房间。我在阿兰霍斯花园[1]里散步，感觉有点累，四肢好像经过了长途跋涉那样疼痛。那儿的景色优美，我开始感到轻松，浑身都有劲了。忽然，我想起还有漫长的人生旅途要走。花园中间地势有些微小的起伏，边缘一直延伸到地平线。实际上，这个花园和阿兰霍斯花园的共同点，只有浓重的橙花香气和从卡斯蒂利亚高原浅蓝色雾气中透出来的光线。我走到一个台阶前面，它连着一条藤架走廊。这条走廊的尽头消失在阴暗的迷宫中，小虫悄悄在其中飞过。我坐在第一道台阶上。在我准备掏出手帕擦拭脸上的汗珠时，发现自己穿了一身本世纪初的服装——象牙色的紧身裤、海蓝色的英式燕尾服、大翻领、小直领。我掏怀表看时间时，一阵刺痛使我全身动弹不得。刺痛是从怀表的位置传来的，痛觉一直扩散到整个胸部，让我几乎喘不过气。后来我发现，只要我屏住呼吸、轻轻地用手指把怀表从兜里抽出来，疼痛就会减缓。等我把怀表掏出看时间，那种疼痛竟然完全消失了。不过怀表的材质又薄又脆，就像纸片，从口袋里掏出来

---

[1] 西班牙国王的避暑宫殿，在马德里附近。

以后怀表的指针已经折弯了，根本无法显示时间。我有些不好意思，想把皱巴巴的怀表藏到藤架后面。这时，我发现一个人正从台阶高处观察我。那是个体型肥硕、表情轻佻的女人，她把脸藏在爬山虎的阴影里。她的衬衫领口一直开到腰部，都能看到硕大结实的胸部了。还有她的裙子，被风吹得裹在身上，露出了两条结实长腿的轮廓以及大腿根那儿隆起的阴部。她在树荫下跟我说：'亲爱的，不要试图隐藏自己真实的样子。过不了几天你又会被打回原形，那时候真相会具有破坏性。'我胆怯地回答道：'女士，我带着我叔父为我写的推荐信呢。再说，据我所知，这部分花园是对公众开放的，人人都可以在这儿自由散步。'女人发出一阵挑逗的笑声，浑身都笑得颤抖起来，连一颗乳房都随着身体的抖动从衣服内滑了出来。她的乳头已经立起，乳晕颜色黝黑且大，就像偌大的黑眼圈。她一边走下台阶一边说：'一定是恐惧使你变成这样。我早就想告诉你，我们现在已经不能躲在河流平原的隐蔽处钩心斗角互相对付了。年轻人，哪怕你有英国服饰和法国首饰，现在你也什么都不是了。'她碧绿的眼睛怀着悲伤注视着我，她那直挺的鼻翼因为呼吸急促而不断扇动，看上去好像某种欲望还没得到满足。不知道为什么，我觉得自己有着不可推卸的责任，我的情绪变得激动起来。但似乎有什么东西在告诉我，如果我接近她、抚摸她，刚才那种刺痛就又会回来的，让我痛到崩溃。她从我身边走过去，用嘶哑的声音说：'不值得了，你不要动弹。我不想对你说等下一次吧，因为不会再有下一次了。可是，你应该勇敢一些，英俊的青年，如果只剩这一件事是你能做的，那你就把它做好。'我目送她离开，直到她消失在几株百合花后面。我突然觉得自己被抛弃了，独自置身于阴暗的藤架走廊里——那儿乱糟糟的，令人喘不过气来，我不得不穿过这些走廊，找到出口。另外，黑洞口的飞虫令人害怕，它们全身都是毒液，从藤架遮篷上出来，向黑暗深处飞去，静悄悄的，一点声音也没有。我来到棚架下，越往前走，植物越茂盛。由于我的出现，小虫起劲地从我身边飞过。它们身体柔软，布满绒毛，就像活力无限的小鸟。此刻，藤架变成了亮闪闪的大理石光面，一个盲人靠在墙壁上，他弹着吉他，音符在凉爽的空气中飞舞，就像弹拨着击弦古钢琴一样。我从盲人乞丐身边经过时，他对我说：'行行好吧，请为在贝鲁埃科斯丧命的元帅立个碑。'我渐渐和这个盲人融为一体，当他黑暗的视野侵入我时，一种令人心碎的、古老而熟悉的悲凉突然唤醒了我……"

玻利瓦尔沉默了几分钟，有些焦虑地抬头看向我。我不知道说什么才好。他讲述的梦让我感到不安，梦中有一种存在，一种在内心深处留下恐惧气息的暗示，一则难以描述的"讣告"。我想用一些平庸而肤浅的话含混过去，但他却轻轻地打断了我：

"那皮耶尔斯基,您不要再做无谓的努力了。你我都知道,这一切意味着什么。我都从来没想到死神会以这种方式告诉我。梦在变化着,一次比一次清晰。我们看看接下来的梦会告诉我什么……"

我发现,玻利瓦尔已经能够坦然接受死亡。也许是因为,从年轻时起,他就在孤独的心灵深处质问自己,他将以何种方式结束一生。

鸡鸣之前

城区的头几幢房子已经清晰可见。几个人争吵不休,伴随着休息时间的增长,恨不得把新仇旧账一起翻出来。"师父"很不耐烦地叫他们别吵了。车子里一下子安静了下来,充满畏惧。

"够了!"师父的声音铿锵有力,容不得任何人违逆。

他们从湖岸边上了这辆座位是粗糙木板搭成的破大巴车就开始争吵。自从他们上次在此讲道以来,酒店账单一直欠着,争吵似乎与此事有关。他们上车以后,一个看上去像是领头的人虽然说话依然轻声细语,但是目光中流露出焦虑神色,他给众人打手势,让他们别再争吵下去。看样子,他是不希望乘客们得知他们争吵的内容。可是,十二人中有两个人并不理会,还是针锋相对。一个是其中最年长的人,他一身渔民装扮,十分顽固;另一个是管账的,穿着布满油垢的衣服,把破大衣的扣子一直扣到脖颈。他们两人根本不理睬领头人的喝令。领头人紧张地看着其他乘客，脸上硬是挤出一丝笑容，意思是说他们争吵的不是什么大事。

等车子开到市场边上的终点站，一行人着急忙慌地下了车。他们不是第一次来这地方了。他们在市场和鱼市工人，还有洗衣女工当中还小有名气。

一个不久前加入他们行列，身穿机修工人服装的年轻人在前面给他们带路，众人默默地走着。这个年轻人是一个旅店老板娘的亲戚，旅店的底层就是洗衣房——洗衣房设置在底楼是这个街区，甚至可以说是这个城市的特色。随着围观的人越来越多，胆子大的人甚至把师父团团围住。他们饱含热情和尊重地触碰师父的衣服，但是这并不能妨碍他们有时从他皱巴巴的灯芯绒外套上揪下一条布或是扯下一只口袋。师父用打领带的方法戴着一条丝巾，丝巾上面用蓝白色画着各种型号和规格的游艇，有一个人甚至想把这条油腻的丝巾也扒拉下来。师父一边笨拙地反抗，一边训斥穿破大衣的管账人："你贪婪，爱说谎，总想把你那些窃取的果实偷偷藏起来。但我也不是在责备你这些，你应该知道，如果我们得到了施舍，每个人都应该获得相同的一份。而我让你管账，正是因为你爱惜金钱，知道怎么用钱生钱。现在呢，你以为我不知道我们的大部分共同积蓄去哪儿了吗？只要我想，我就能给你指示，可以让你的投资利润翻倍，那些钱是靠我们传道得来的。显然，你可能要承受众人的咒骂，到时候我可救不了你。好了，还是像我一样走正途吧。用手阻挡水流容易，改变我们的生活和命运道路可不容易呀！"听者脸上畏惧中带着嘲弄，他早已习惯了师父这种天真的幻想，以及那种平庸又令人费解的话语。

管账的把对师父的怨恨埋在心里，从不完全表露出来，只是平时在背地里骂几句，再随便编点瞎话。两人不和这事儿是有源头的。一天，师父发现他撩了旅店一个小女孩的裙子想做坏事，虽说女孩没有明显的反抗，但等师父走进来，他的脸上立刻摆出一副厌恶的表情。

他们很快来到旅店，几个徒弟把尾随的乞丐、病人和疯子都赶走。大家走上楼梯，两个女人亲切热情地欢迎了他们。其中一个挺着圆滚滚的大肚子，走路非常困难。一旁的机修工人不禁露出惊讶的表情，师父脸上也露出怪异的表情，有排斥、怜悯，还有责备。怀孕的人让师父气不打一处来，陷入一种愤怒又疑惑的状态，连他最喜欢的弟子都不敢接近他。楼上还有三间空房，他们分别住了进去，准备洗澡换衣。师父住在一个单人房间，房间在平台上，洗衣房的衣服都晾在那儿。这时，最年长的那个人，也就是渔夫上楼来到师父的单间向他报告有关他们布道的一些流言蜚语。

"自从上次我们来这地方到现在，情况发生了很大变化，先生。一家轮船公司的代表被选为市长，激进团体的人被警方逮捕,现在监狱里人满为患。工会的实权都掌握在被商人收买的官员手里。那些商人还花钱雇杀手,在工人居住的街区和码头散播恐怖。所有集会均受监督,不允许示威。但是,装卸工人和海关工作人员正在准备罢工并武装自己。我看我们这次得格外小心,不能被发现。不如直接在知根知底的朋友中间集点资就行了,等钱够路费了,我们就一走了之。别传道了,也别去煽动群众,现在社会已经够乱的了。"

老渔夫本以为能得到师父的积极响应,可是他的汇报太不合时宜了。早些时候他们在汽车上争吵,师父压着火气,加上旅途劳累,现在又看到年轻的旅店老板娘意外怀孕,他早就怒不可遏了。

"真有你的,越老越幼稚了,你怎么能这么荒唐地看待局势?你永远学不会分析问题,也学不会把握时机。你永远学不会辨别什么时候时机成熟了,可以为我们的传道活动找机会!你就像所有跟在我身后,就像只顾舒适享乐的胆小鬼一样,总以为我们的任务就是对头脑简单的人讲道、在笨蛋面前显灵。你真以为我们就靠他们可怜的施舍过日子,利用他们的热情好客在人家家里白吃白喝?干净整洁的床铺、美味的晚餐和唾手可得的女人,这就是你所有的野心!所有的人都是猪猡,继续在他们降生的肮脏的猪圈里滚来滚去。"他继续大声地说道,"如果上天显灵,给我们机会去献身,用鲜血证明我们伟大和正确的教义的话，你们这些人就会像过街老鼠一样四处逃窜！你这个蠢货，好好看着我们今天的收获会是什么！城里秩序混乱，不正可以为我们所用！一切都是为了我们的事业，成功与否取决于我们！我们将投入战斗并点燃将永远燃烧的篝火！期待的时刻到了！我们已经成熟，可以牺牲自己，让我们的奇迹永存！起来，你这个混蛋！起来给其他人打电话。让我们去街上。我们将在港口最繁忙的时间召集人们并在码头上讲道！"

由于常年在船上与大海打交道，老渔夫有着很准的直觉。现在的他有些心绪不宁，他已经能够清晰地看到将要发生的事情，那由师父动荡的心绪带来的结局。他们将会面对无法挽回的悲惨局面，没救了，那就任凭事情发展吧，现在他能做的就是尽量把损失降到最低。

老渔夫没有接师父的话，他给师父穿好衣服，再给他围上游艇丝巾时，渔夫发现师父脸上印着悲剧的影子。

二人走下楼，其他人已经等在大门口。有个陌生人走过来打听旅店住宿价格，最年轻的小伙子正在回答。渔夫和围着丝巾的师父打断了他们的谈话。"到码头去！"师父大声地说，"渴望填饱肚子和伸张正义的人们正在等着我们！"

那个打听住宿的陌生人看着他们渐渐走远，也迅速溜走了。等众人想起他时，人早就没影儿了。老渔夫的背后忽然升起一阵凉意。穿着破大衣的管账人跟在人群后面，他刚和旅店老板娘结完账，正快步追赶他们。他的脚步轻盈，好像飞一样撒开了跑。这群传道人背景不一，原本职业也不同。其中有两个罐头厂工人，他们在工厂旺季加班费高得不得了的时候辞职，干起了传道。还有一个是火车司机，他能让其他人逃票乘车。那时他们总共五个人，司机跑完三天车，然后加入了他们的行列。旅途中，师父在车厢里讲道，整列火车都闹翻了天。女人们都在歇斯底里地喊叫，有过错的人内心满是内疚，大声地忏悔列数着自己犯过的错。车厢里的气氛如此激烈，司机不得不两次中途停车，跑到车厢里让大家安静下来。那天还有两个人入了伙：一个是推销员，在边境倒汇；一个是贩卖飞禽标本的年轻人，很多富豪家客厅和大妓院都用这种标本作装饰。后来又来了一位广告画家，这位年轻人把油彩和画笔留在脚手架上，那是他用来画一个女人光洁的腋下，宣传一种脱毛器的广告的。领头人因为这个广告在大街上批评他，说他不该画一些诱人犯罪的东西。他离家的几年，家人都以为他已经不在世间了，后来有传闻说他在师父那里死而复生。另外还有两个年轻的渔夫，和最年轻的机修工人，他主要负责修理游船的引擎，这三人总是跟随着之前提到的老渔夫。最后还有两个人，看起来是领头人的亲戚，他们本来是泥瓦匠，为人谨慎腼腆，有些不合群。他们给人的印象是，他们好像知道点什么秘密，但是在和别人聊天时从来不会多说，应该是担心说漏了嘴。

穿破大衣的人曾经为那群人租来一套音响设备，他看到布道的队伍取得了不少成果。他觉得历史上还有个重要的角色等着他去扮演，这一切都有种神秘的吸引力，于是决定加入布道队伍。当然，也是为了逃债。他在城里欠了债，一直想等做生意挣了钱再还，不过事与愿违。

尽管每个人背景不同、职业有别，而且决定跟随领头人的原因也各不相同，但是所有人都相信师父的法力和教义。师父的脾气变化无常，但他始终为正义呐喊，为人类的美德奔波，这一些都让那些跟随者对他坚信不疑。

他们来到码头，工人们正从船上卸货。这两条船是中午下锚靠岸的，装的都是玻璃。船是从遥远的冰雪国度驶来，除了烟囱上画着蓝色和黄色的菱形图案，其余部分都是白色的。码头工人和吊车司机正在紧张地干活，因为老板已经发话，每损坏一块玻璃就会扣除他们相应的工钱。布道队伍正在观察工人们是如何把沉重的包装箱卸下来的。巨大的吊车先把箱子抓起来，空中掉下团团草屑和沙粒，迷得人眼睛直流泪。贝类和海鲜的强烈咸味与木箱新鲜的松木气味和烟囱里的烟雾混合在一起，让人想起北方工业城市灰暗的天空。为了让一个班次能卸完两条船的货，妻子们为男人带来了她们准备的饭盒和小吃篮。但当她们看到师父和他的徒弟们时，都恭敬地围拢过来听他们讲话。偶尔也有陌生人和一些守卫凑过来听。

师父这次的讲道不怎么激动，言辞也不过激。但师父这么做是有原因的，大地已准备迎接暴力的种子。女人们越来越激愤，这引起了装卸工人和吊车司机的注意。这时徒弟们发现周围有些不正常：吊车已经停止运作很长时间了，汽笛响了，工人们被告知可以休息几分钟然后吃晚饭。

　　老渔夫和推销员首先发现了异常，刚才和徒弟们一块儿听讲的守卫和陌生人都不见了。整个码头都停工了，一切都静悄悄的，只有师父的声音越来越高亢，像高大的喷泉升起，把水送向金色的夕阳。

　　突然，抱怨声和吼叫混合在一起的尖利声音盖过了师父的讲道声。所有人将目光转向传来声音的地方，一个大包装箱停在空中，在黄昏的凉爽海风吹拂下不停地摇晃着。缆绳被玻璃压得嘎吱作响，草木屑从松木板中掉下来，像云团一样晃晃悠悠地被风吹向大海。

　　师父停止了讲道，呆愣地看着无垠的海面，水天一色，水面正在有节奏地摇曳着。突然，全副武装的纠察队来了。海港警车拉响了汽笛，封闭了所有路口。第一颗瓦斯弹爆炸了，人们如梦初醒，枪托已经朝男人和女人打了过去。他们在地上打滚，有的在吐血，有的因为恐惧而大哭。

　　警察把看热闹的人驱散以后，便把怒火集中在传道弟子身上，当然还有师父身上。他们被人用枪和大棒赶进了一辆巡逻车。警车的汽笛响个不停，穿过大街和广场，最后来到事先选定的警察局。警察局坐落在一处住宅区，远离喧闹的市中心，那儿时常关着酗酒滋事的、不务正业的年轻人和把男人带进老板家的女佣。这些女佣邀请男人过夜，给他们制造了盗窃的机会。

这个区域住着银行的高级职员、商人和政府官员，还有来海边度假的人、周末来打高尔夫的人、俱乐部成员和慈善机构人员。这个城市已经动荡好几天了，警察打算让师父和他的徒弟为此承担全部责任。这也为某些非常有效的镇压措施提供了理由，以平息叛乱，并阻止码头工人和试图加入他们的工厂、行会同事的任何暴力企图。当局已经采取了严厉的镇压措施来平息码头工人和同情他们的工厂工人。还有一些工会会员发动的暴乱也被控制，以防暴力活动的蔓延。那天，警察局局长临时换人，据说是为了加大防范和镇压的重大措施。

新上任的警察局局长得到了一个临时组建的顾问团队的协助。警车开进一座大院，停在了内院的一个角落里。第一个走下警车的是货车司机，他一瘸一拐，一只眼睛已经被大棒打得睁不开了，其他人也紧随其后下了车。大院里一片寂静，只听得见困兽深沉的吼叫，人在肉体遭受疼痛的折磨或者恐惧灭顶时，就会发出这样的声音。他们站成一队，走进审讯室。他们站在刺眼的灯光下，样子是难以想象的可怜。棍棒的伤痛使他们颤抖不止，司法机关施加的屈辱的痛苦控制着他们，这种痛苦让最朴素的理性也失去效用。由于马上就要开始无情的审讯了，被捕的人是不被允许申诉的。每个人都要提供本人的基本信息。最后是师父，他的额头被枪托打伤了，还在流血；左臂多处骨折，扭曲着动弹不得。师父说出自己的姓名和年龄以后，矮胖的警察局局长问了他的家庭住址。虽然局长脸上挂着和蔼的笑，言行举止都十分严谨，但还是掩饰不住眼里的凶残和冷酷。师父回答说："我哪里都不住。我的使命是把真理带到我走过的每一条路，送给经历社会不公和痛苦的人们。"

"别给我来这套，"警察局局长说道，"我们还是谈些具体的吧。"

"在我身上浪费的时间，你们只能在坟墓里找回来。"师父面色镇定地说。

"好好好……我知道了。你被指控犯了破坏公共秩序罪、破坏国家安全罪、组织暴乱罪、非法集会罪、非法行医罪、诈骗罪、嫖娼罪。你的这些罪行都有证人，他们都提供了证词，在审讯记录上写着呢。你还有什么要供认的吗？"

"谁编织谎言，谁就是在为自己编织裹尸袋，谁就会失去灵魂。"被指控的师父依旧镇定地回答。

"如果您对检察官办公室的指控有什么要辩驳的，那就说好了。不要再神神道道，现在不是那种时候了。你的命运,也许你的同伙的命运,都在你手上。"警察局局长不耐烦地警告说。

"如果我有什么过错的话,那我一个人承担。他们跟随我,是因为听了我的讲道,佩服我的所作所为,他们是无辜的。不要用无辜之人的冤屈玷污了你们的正义。"

"怎么做是我的事,你无权说三道四。把他们都给我关起来!"警察局局长命令说。

警察把他们带到院子里。夜空明亮,有几朵云慢慢地向大海方向飘去,去寻找地球另一侧的曙光。他们每个人都感受到某种不可能出现的幸福感的预兆所蕴含的魔力,它是在广阔天空的最高处,在那些微小而虚荣的事物中出现的。老渔夫走在后面,他在欣赏月光。尽管肉体疼痛,人格受到侮辱,但他依然觉得血液中回荡着一片自由的、给人醉意的大海。他在海上生活了很多年,航行、打鱼、捕鲸、捞金枪鱼……他的海上生活就像鱼群自由地游动一样,一会儿往西,一会儿往东。忽然,一枪托打在老渔夫的腰上,他回到了现实。

"进去,老头,进去。现在不是欣赏天空的时候!"他一下子被推倒在水泥地上,地上似乎还有温暖而黏稠的血液,这使他不寒而栗。老渔夫拖着身子往墙边爬,最后倚靠在墙壁上。等他的双眼习惯了黑暗以后,他发现了师父的身影,师父的脸上布满了干涸的、纵横交错的血痕。

过了好一阵子，其中一人才打破沉默。

自从老渔夫认识他的那天起，两人就达成了默契。他们的关系中是没有教条和传道的。而在师父和其他弟子的交往中，师父总是利用这一点与徒弟们保持距离。生自某个更深层次的地方，某个更大的真相萦绕于他们对谈的言语中，就好像两人都在内心保留了一块独立的领地，另一个人在对方这块领地上是不能行使任何权力的。

"师父，现在可怎么办呀？"最后是老渔夫先开口问道。

"事情开始朝着已定的方向发展了，我们什么也做不了，只能等一个奇迹了。"

"我们都快没命了，上帝啊。一切都无法挽救了，谁也摆脱不了痛苦贫困，社会的不公会更加沉重地压在人们头上。"

"情况恰恰相反。我的牺牲将给你们提供工具，将帮助你们把拯救世人的教义在世界播下种子，你将是我的圣庙的奠基石。"

"哎呀，我们已经被抓起来了，谁也不知道我们被关在哪间监狱。人们只能从逮捕和拷打我们的人嘴里套话，但他们到时候可以随便编个说法，说我们是骗子，冤枉我们是罪犯。我们应该想办法，对于那些指控，我们要想办法避重就轻，争取出去，然后到别的地方去碰运气。不然我们就全完了，你的讲道、你的想法都将和我们同归于尽。"

"你的信仰动摇了,因为肉体的疼痛,因为恐惧侵蚀着你的内脏。但没有什么能阻止我们!你的退缩也不能阻碍我们前进的脚步,它也不会让你止步不前。我把真理和教义都告诉了你,我相信你坚定的内心。然而现在,在黎明鸡叫以前,你将连续三次否认你认识我。"

"我的老天,阁下,恐惧也入侵了您的身体。恐惧让您不那么相信我们,实际上我们比您想象的坚强得多。"

"公鸡会证明谁软弱谁坚强的。好了,让我和天父独处一会儿吧。"

彼得不再说话。片刻之后,焦虑而沉闷的呼喊伴随着浓浓的睡意征服了他。他把脑袋搭在同伴的肩膀上,后者的目光消失在无名的永恒之中。他的奇迹和语言就来自那片永恒。

老渔夫惊醒了,原来是警察在呼喊他的名字,他的伙伴们也在小声地提醒他。他睡眼惺忪地站起身来,手脚都麻了。他迎着清晨凉爽的风走到外面,整座城市还在沉睡之中,寒气、海风和露珠给院子蒙上了一层雪白。他深深吸了一口气,他渴望生存,他想要继续站在大地之上,享受那些持久而简单的事物,那些事物使世界成为人类唯一可能的家园。他哽咽了,激动地哭了起来。

老渔夫又被带到了警察局局长面前,局长不紧不慢地翻弄着档案,把要找的部分抽出来,开始审讯:

"这么说，你是有打鱼许可证的？你的档案里没有记载任何前科。相反，我看你还救了落水的人，受到了救生员俱乐部两次表彰。很明显，你和其他人不是一类人。你不是流浪汉，也不是坑蒙拐骗的江湖骗子。是什么促使您加入他们的行列？谁让你跟着他们的？"

"谁也没有强迫我，先生。他们当中有的人是我多年的朋友，和我一样，都是遵纪守法的人，是良民。"

"另外那些人呢？你可不认识他们，怎么说？他们也是遵纪守法吗，啊？"

"至于那些人，先生，我什么也不知道。我没有什么可说的，我也是刚刚认识。"

"可是你和他们住在一起，一起密谋，用所谓的复活术和别的荒唐的谎言诱骗寡妇。"

"先生，我认为他们都是正派的年轻人。至于复活显灵的事，我们有公证书……"

"我很了解那些公证书是怎么弄的。你别装傻了，快说，领头人是你老朋友吗？"

"不是的，先生。我才认识他几个月。我之前把船借给他，他给远航回来的渔民讲道时，我让他借住在我家里。先生，我以前不认识他。"

"好啊，你不认识他，你还跟了他那么久？"

"我现在不打鱼了，先生。我把几副渔网出租给了湖区的渔民，我没有住在家里，而是……"

"而是像街头小贩一样到处流窜！好了，老东西，够了。你应该放聪明点儿。你对那个师父怎么看？他是什么人？从什么地方来的？他到处煽风点火，想干什么？你说！你是本地人，谁都知道你忠厚老实，渔民们都很尊敬你；你难道要丢掉你多年冒生命危险和艰苦奋斗得到的好名声，就只为了帮助一个自己都不知道亲生父母是谁、在什么地方出生的人吗？"

"不，先生。我想重操旧业。我只是想体验一下陆地生活。我这一辈子都在海上度过，从来没到过内陆。现在既然我来过了，我也该回海上继续干我的行当了。"

"好，我看你是不是反悔得晚了点。来，在这儿签个字，我们放了你，让你回船上去。"

老渔夫看了看审判书，上面有一大串复杂的刑事诉讼，简单概括一下就是：他和师父在思想上毫无共同之处，更没有容许和纵容之嫌。这份文件遮遮掩掩但确凿无疑地表明他虽然追随师父，但是并不信仰师父的教义，更多只是受到好奇心和冒险精神驱使。他默默地签了字，随后被带到一间小屋子里，那儿有两个警察，正在打鼾。满屋子都是廉价酒水的味道和酸臭的汗味。警察扔给他一条毯子，又指了指一张折叠床。床垫由于使用多年，中间满是油渍，肮脏不堪。老渔夫躺下后很快睡着了。他梦见自己在给几匹马喂水，马儿在把头伸进他还没从地上提起的水桶之前，瞪着水灵忧伤的大眼睛望着他。远处，他的母亲站在悬崖上，结实的双腿分开站着，以免失去平衡，她挥舞着巨大的白帆，向寂静沉睡的大海发出信号。马儿一边低头喝水，一边用一种听不懂的语言，低声谈论着和女人及她的手势相关的、令人羞耻的话题。老渔夫尴尬地勉强笑了笑，仿佛不想知道这些野兽一边刨地一边在说些什么。他被枪托敲地的砰砰声吵醒了，他醒了，原来是两个掷弹兵准备去吃早餐。

他在走廊里闲逛，谁也不管他。他有几次试图找到前一天晚上关他们的地方，但没有找到。他迷失在走廊和房门组成的迷宫中，门不断地开合，警卫和助手忽而进去，忽而神色匆匆地离开。从他们沿着湖岸乘坐公共汽车到城市以来，已经过去的几个小时，在他的脑海里已经变得模糊了。一种恼人的不安让他无法静下心来，就好像他有急事要做，又想不起来是什么。

中午时分，院子深处有座房门打开来，传出公牛被铁棍敲击时发出的那种闷叫声，同时伴随着醉酒女人的大笑声。门立刻关上了，叫声和笑声随之消失。老渔夫回过头来想起昨晚的事情，回到了把他带到那里的那些事件中来。他想到了师父，想到了他那条不可分割的围巾，想到了穿破大衣的男人。男人没有和他们一起来。他也没有去过港口。也许他也来了。是的，一开始的时候他也在港口，后来他就消失了。还有那个年轻的机修工人和他作风可疑的亲戚，还有兜售飞禽标本的小贩以及他那成篇的令人生厌的废话。心口一阵剧痛迫使老渔夫低下了头。他背叛了他们，他否认和他们有关系，他否认认识师父。他说师父只是个陌生人，他跟随师父只是因为空闲时没什么可消遣的。事实是，夏天他们去山上时，师父把他介绍给了母亲，后来又去了他父亲那儿，想在渔船上找个木工活。两个老人长谈了他们的美好时光和学习手艺时遇到的各种苦难，等等。是彼得主动要求跟着师父的，因为他想和师父在一起。起初师父有些不愿意接受他，考虑到彼得已经处于生命的暮年，他要求他完成的任务可能超出他的体力和脑力。师父只和他一个人有私人交情，师父对他热情亲切，并且对他的老练成熟有几分敬意。然而，他居然对警察说不认识师父！尽管这一点，是师父早就下的指示。

这时，两个女人从原来传出声音的房间跑到院子里，将老渔夫彼得从痛苦的沉思中惊醒。那两个女人穿着皱巴巴但是十分昂贵的晚礼服，脸上依然挂着醉相。一个警察送她们走出门外，关于之前在屋子里发生的事情，他们相视一笑。

"我是生命之泉，是永恒的复活之源！"较年轻的女子喊着说。那女子有着男子气的、健壮的派头，同时又有些狡猾和歇斯底里的样子。"真有他的！一开始我以为他想要给我点什么，走近了一看，才明白。哈哈哈……一个钩子就能让人起死回生。亲爱的，你的心上人就能使你起死回生。孩子，让我来，我叫你起死回生，试试看！那张脸呀，哈哈哈。就像被虫子咬了一样！"

"那个小伙子，你觉得他怎么样？就那个机修工人！"另外一个女人问道。那个女人黑皮肤，高个子，厚厚的嘴唇显得她有些冷酷。一双无神的大眼好像死人的眼睛，全然一副冷漠淡然的表情："他自己被关在牢房里，可还在安慰那个人！我觉得他也一样，你没看见他为那个叫师父的人流泪吗？他敬爱的师父哟！人们都是这么叫他的，现在人都爱起个新外号。"

她们经过老渔夫，没有看他一眼。她们有节奏地迈动双腿，扭动腰肢，渐渐走远，把前一夜的脂粉香气和发酸的呕吐味留在了身后。"真像赛前马场的母马，好像就要上场了一样，"渔夫想着，"一惊一乍，毫无用处，任性，害人，骄横。"她们穿过庭院，从中央正门离开，守卫陪着她们走到街上。两个姑娘对他假惺惺的，但他还是虚荣地享受这样的奉承。他想要展示自己，因为他从她们那里得到了要比同伴们想象的多得多的东西。"就为了那么点突如其来的情缘，那种疯狂的情缘，他们还自觉文明的样子，"老人想，"她们嘲笑的就是你。"

她们在取笑那个守卫，在取笑那个机修工人，在拿他们寻开心。笑呀，呻吟呀。痛苦的恐慌从体内升起，卡在了嗓子口。别的人现在怎么样了？别的人没出事吧？老渔夫怯生生地想问点什么，但路过的守卫都没有理会他。最后，走过来一个人，看上去没那么忙，也比较友善，他在老渔夫面前停下："怎么了，老爷子？丢东西啦？"

"你知道师父的情况吗？他的徒弟们在什么地方？"

"你别说你是其中一员啊。我看你是个体面人，你这头白发就说明你不会搞那种勾当。"

"当然咯，我和他们没有任何关系，我就是好奇……外面都是风言风语。"

"哦，责任都是那个头头的。今天一早，所有人都出去了，只有一个年轻人，他坚持留下来，陪那个头头度过最后几个小时。他供出了一些东西，足以指控他破坏国家安全罪、诈骗罪和其他更严重的罪行了。今天下午他就要被处决，我看他神经有些错乱了。我的意思，他的话啊，一般人都听不大懂。你想见他？"

"不，"老渔夫回答说，他已经吓得魂不附体了，"我就是好奇而已。"

"行。可是，你在这干什么呀？"警察问。警察感到有些奇怪，因为只有看管人员和被拘捕来的人才能到这儿来。

"我？"可怜的老人结巴了，心里更加害怕，"没，没什么……罚款……知道吗？就在海军基地内打鱼……现在规定太严了，就……也不是什么大事。"

"好，好，"警察放心了，"老爷子，快把你自己的事办好吧。你看这地方，不是你待的！那两个婊子闹了一夜，她们进来就是为了套那个预言家的话，让他把肚子里的事情都吐出来。后来她们太疯了，我们不得不把她们赶出去。你年纪大了，不适合看这种场面了。好了，快走吧，再见。"

"谢谢，"老渔夫彼得回答，"谢谢您，再见。"

彼得怔怔地站在那里，一种巨大的耻辱感再次侵袭了他。但是，这一次，身体内部某些像弹簧一样柔和放松的感觉开始在悔恨中占据支配地位。他的海上生活、他的家人、日常港口生活中的一些回忆开始浮现在脑海中，结成坚固的外壳，使羞耻感留在表面，不再伤害某些深处和秘密的区域，老人内心回归了黑暗的平静。

中午过后，大约一点钟，两名警卫带着筋疲力尽的表情从后面的一扇门里出来，示意老人走近。他们的表情好像刚犯下了可耻和被禁止的事。他们看到老人的白发，更难为情了，他们吞吞吐吐僵硬地说："跟我们来。"粗厚而刺耳的声音在老人心中引起了与昨晚同样的恐惧。他们穿过一条狭窄的走廊，两侧的铁门漆成了白色。走廊尽头有间小厅，看上去显然是办公室或诊室，里面灯光明亮。一些椅子、深红色的医用皮沙发、手术器械、氧气瓶和麻醉气缸都证实了那是一间医务室。空气中弥漫着强烈的消毒水气味，以及新鲜血液的腥气。老人走进去，强烈的灯光照得他眼花。守卫抓住他的肩膀，轻轻推了一下。

"他想和你谈话。警察局局长同意了。反正他已经无力回天了。你们谈吧，随便谈多久。到时候我们来找你，好了，进去吧……"说完，两个警察就走了出去，皮靴踩在楼廊的地板上发出"哒哒"的声音。

老人立刻明白了。他下意识地想跟警察离去、逃走，不愿意看到那个被捆在白色金属三脚架上的东西：它正不住地颤抖、吐血，像可怜的孩子一样呻吟。他向房门的方向退了几步，而那时门闩正好落下。他感到困惑、羞耻，并感到一种怜悯动物的灼热感侵入他的喉咙。他走了过去，直到感觉到眼前的东西某个孔窍呼出的气。那个孔窍把原来的鼻子和嘴巴连在一起，给房间里这堆肉送进一点点维持生命的空气。老人默默地看着，悲伤的眼泪顺着他那渔民特有的黝黑脸庞流下，同时他感到这堆"物体"受到的伤痛和凌辱转移到了自己身上。

"师父"赤身裸体，脸垂在胸前，整个头部被拳头和鞭子打得血肉模糊，早没了人样。一只眼球被从眼窝里挖了出来，白色眼球血淋淋地挂在外面，另一个眼球在裸露着血肉的眼窝里不停地转动。他的一条胳膊完全骨折，关节脱臼，另一条布满了烧伤的伤口，从指甲流出一种酸酸的液体，掉在地板上直冒泡，同一摊黑乎乎的东西混在一起。他的两条大腿被分开，惨不忍睹，大腿根部睾丸肿得厉害，阴囊的包皮上还插着一大堆鱼钩，有的鱼钩上面还挂着彩色鲜艳的羽毛。镀镍的勺子，在生动的闪光灯和其他带有不确定和艳丽形状的物件之间旋转。一根棉线穿过每一枚鱼钩，同一条垂到地面的绳子连在一起。他的两只脚不停地抖动着，脚趾已经从根部被切除。身子，准确地说是躯干，坐在手术凳上，活像一个可笑的稻草人，它比伤口更令人怜悯。突然，从原来是嘴巴的空洞里传出声音来，每说一句话都会冒出玫瑰色的气泡。

"我早就想和你谈谈了，彼得。只和你一个人谈，因为你的意志软弱，但是你的心比你的弟兄们宽广。你没有什么需要分心的事情，不会偏离你真正的命运轨道。你将成为我的接班人，在我死后，你将创建新的永恒教义。到时候你将百战百胜，任何邪恶的力量都不能伤害你，也不能伤害你的追随者。他们对我逼供，我说的都是假的证词。穷人都没有任何别的东西可以失去了，他们会明白我为什么撒谎：那是疼痛和这具软弱的、不幸的肉体的苦果。他们会听你的话的，你和他们一起建设我的家。你不能逃避历史使命，你生活中的安宁日子和渔夫的幸福时光结束了，去吧！"

老渔夫呜咽着，一直跪在那个说话的躯干面前，谁能相信这些话是从这张脸上的嘴巴发出来的。彼得想用手帕把师父脸上黏黏糊糊的东西擦干净，师父不耐烦地动了一下，那把将他捆绑的椅子也跟随他动了起来：

"走吧，听我说，让我一个人待着吧。我就要完成人们交给我的使命了，你不要可怜我，还是可怜可怜你自己吧。为你将来的日子哭泣吧，去吧！"

老渔夫慢慢站起来，一边看着受刑人的躯壳，一边向门口退去。这时有两个人走了进来，他们身穿白色工作服，带着外科手套，手上还拿着铁盒子和药瓶。

"你不能待在这儿，"那两个人说，"我们要给他改头换面，群众可是要来看的，警察昨天辛苦工作的痕迹可一点都不能留下。任务很艰巨，只有几个小时的时间了。好了，快点儿……"

一个人把老渔夫带到门口，另外一个人在桌子上摆好钳子、刀子和各种形状的大小器械。老人一个人来到走廊里，不知道朝哪里去。他很疲惫，筋骨酸痛，内脏像有针扎进去一样，他不能思考、不能移动。他哭了起来，默默地哭，仿佛体内的痛苦之河正从眼睛流出来。有个人走过来，没有注意碰了他一下。老人听见来人向他道歉，他随口回答了几句，自己都没听清楚说了什么。过了很长时间，他感到自己身处充满痛苦的广阔空间，那里充满了对师父的可怕的共情。他感到空间里的时间已经停止，直到一个护士走过来把他拉回现实。护士递给他一件难以辨认的东西："拿着，他说这是给你的。"

他伸出手，触到一块浸着鲜血的布，沉甸甸的。他认出来那是师父的丝巾，上面画着锦标赛的游艇在水面留下的印记，现在因为被血浸湿，那些印记看上去就像一块经历了数世纪摩挲和遗忘的布料上某种拥有千年历史的话语的模糊轮廓。

彼得梦游般走到院子里，靠在柱子上，睡意支配了他。他刚睡过去，就听见一句话，那是他那天噩梦的主要内容，后来他怎么也想不起来了："像鱼肉一样老，大理石般的肉和锦葵的气味。"

他醒来时，天已经黑了。不知谁给他披上了一条军毯，他在睡梦中裹了裹。过了一会儿，他望了望天上的星星，并不理解广阔天空背后的含义，他放弃了，又睡了过去。第二天早晨，皮靴声和枪支声把他吵醒了。他睁开眼睛，看见一个警察在刷牙，把散发着薄荷香气的白色泡沫吐到下水道里。彼得因为在石板上睡了一夜，四肢都麻木了。一个军士已经盯着他有段时间了，他走了过来，对彼得说："嘿，老东西，你喝醉了吗？睡得可真香啊。赶紧走吧，以后别再找警察麻烦了。"

彼得看了他一眼，从徽章颜色来看，这些人应该是新来的部队，接替昨天的军人的。也许他们把老渔夫当成酗酒的混混了，那些人晚上喝醉了就跑到安静的富人区去闹事。老人艰难地站起来，他眼前发黑，感到一阵恶心和眩晕，差点吐出来。他吸了几口清晨的凉爽空气，才觉得有了点力气，

向大门口走去。他开始说服自己,他到那儿真的只是因为喝酒闹事。他推开门,一个军人冷冷地喊了起来:

"哎?你去哪儿?谁跟你说可以走了?站住!"

有人抓住老人的胳膊,一下子把他拉了回来。一个高个子的军官披着衣服,睡眼惺忪地从头到脚打量了老人一番。

"军官,"彼得说,"先生,军士说我可以出去了。"说罢指了指院子深处,军曹就是在那儿对他说可以走的,他现在正在擦手枪。

"军士!"军官喊了起来,"这家伙是怎么回事啊?"

"您好长官,他没什么问题。昨天值班的人没留下任何字据,看样子就是喝醉了酒,被罚了款,就这些。"

"好,你可以走了,以后注意点,知道没有!"

老人打开门,走进一条又黑又长的过道,那儿所有灯光都灭了,早晨的阳光也没有照进来。走道的尽头,一轮红色的太阳把一束束柔和的光线洒在街道上。老渔夫向出口走去,他虽然还是摇摇晃晃的,但是头脑清楚多了。他觉得外边有点什么东西在等候着他。在他的脑海深处,这个东西可以让他从烦恼的包袱中解脱出来。突然,就在他迈过门槛时,里面又有人叫他,是那位长官探出身来,问他:"喂!你是不是昨天下午处决的那个人的追随者?"

彼得转身看着他,不知道该说什么。

"不是,阁下。我不知道他是谁,"老人最终费力地答道,"我是渔夫,有证的。我和任何被处决的人都没有关系。您知道吗,我就在基地那儿……可是,我付了罚款的。我是合法的……我……您知道吗?"

"行了!"长官随意地打断了他的话,"快走吧,祝你好运。"然后"砰"的一声把门关上了,过道里又黑了起来。他跨过门槛,立刻沐浴在大街上的阳光之中。一只公鸡把它的音符扔向天空,就像一个杂技演员开场把宝剑扔到空中然后吞下。公鸡的歌声揭开了一天最早的一幕,随之,各种各样的声音响起来,人们在大地上的生活又开始沸腾了。

老渔夫向码头走去,随着他离大海越来越近,熟悉的地方和面孔给他打开了一道道世界之门。过去的日子变成了痛苦或是幸福的回忆,因为所有都是昔日生活的见证。他又成了泱泱人群中普通的一员。大海的变化无常,大海突然的平静,大海的教诲就是他唯一的教义。彼得登上他的船,调试好引擎,拿起工具,马达轰隆隆地响起,海风刮过平整的木头甲板,他越来越沉浸在自己的事情当中。他渐渐忘却了师父血肉模糊的样子,他又成了一个捕鲸、捞金枪鱼的渔夫。他开动渔船,向码头管理处驶去。他想更新捕鱼许可证。船桨转个不停,尖尖的船头划破海面,他又和这个世界融合在一起了。这时,他明白了自己为什么说不认识师父,为什么他和师父的教义没有任何关系,为什么他不能为这个教义去牺牲自己。在过去寻找他恰当的位置,在记忆里与其他回忆整合，丢掉其特殊的能量，那种让他差点背叛自身处境的令人晕眩的技法，所有发生在最近几周的事情都开始倒退。

海水从船舷涌进来，他弯腰把丝巾洗干净，然后挂在旁边窗户上晾晒。周围一艘艘游艇又出现在天蓝色的、丝绸般的大海深处。

沙拉亚

沙拉亚——詹德里布尔的圣人，从很久以前就一直坐在村口的路边。在那里，他接受村民微薄的施舍和人们日益稀少的祈祷。他的身上已经布满了灰色的痂，昆虫在他的发间爬行，将他的头发绕成油腻的缠结。他的皮肤裹着骨骼，身体形成了黑暗奇怪的棱角，给这位静止的人物带来了雕像般的气质，从而让他在人们心中更容易被遗忘。只有老人们还记得——在他们有关青春的模糊记忆中——那瘦削的圣人的到来。在那逝去的日子里，他既有平易近人的气质，又在宗教方面十分雄辩。但这种品质，随着他在村口的冥想活动获得日益增多的声誉和权力，渐渐消失了。

现在村里的居民很少或根本不理睬他，也许正因为如此，沙拉亚能够仔细地观察周围的生活，很少有其他人像他一样知晓在村子里编造、传播、随着时间消失的错综复杂的琐碎故事。

他的眼睛带着一种家畜的甜美固执。常有人认为那是属于愚蠢的人的呆滞眼神。但是聪明的人认为沙拉亚的目光揭示了对生命最深奥秘密的通透感知。

这就是拉合尔地区詹德里布尔的圣者沙拉亚。沙拉亚临终前的那个晚上是个雨夜,河水从高山上流下来,像发狂的野兽一般咆哮,有着取之不尽的能量。

妇女们在大旱期间安装的遮阳伞伞檐整夜都在滴下豆大的雨点。下雨就像一个警告,是来自另一个世界的信号。遮阳伞是羊皮做的,水珠砸在绷紧的羊皮表面发出格外大的响声——从来没有过这样的声响。有些东西告诉我……在我的内心深处,我已经理解了这持续不断的信息。雨水顺着柔软的圆顶流下,水幕给我提供了保护的屏障,地上形成了一个大水坑。等天气一热,水坑很快就会变干。雾气开始从地面升起,蛇躲在被淹的巢穴中。一只风筝从戴着头巾的人群中踉跄升起,飞得很高。那是一只黄色的风筝。女人的歌声开始响起,像抹去一切的画布,净化了早晨的空气。放风筝的一个人手里拿着线,另一个人惊讶地盯着我。他发现了我,我进入了他的童年回忆。我是一个界碑,我开启新生。在他的眼中,我看到了恐惧和怜悯。他不知道我是野兽还是人。他用一根小竹签扎我,希望疼痛能让我回过神来,可是没有用。他跑向另一个人,后者带他跑远,他没有再看我一眼。詹德里布尔的圣人啊。现在还有另一件事和许多事情未完：其中包括詹德里布尔的圣人。我浩瀚的领域已经延伸到弯曲的地平线，无始无终。回来吧。他手里没有用于防备的棍子，他伸出手触摸我，远至星辰或近如梦境。现在这些事已经不重要了。他的朋友正在呼唤他。风筝缓缓落下，仿佛在寻找死亡，然后等待新生。浓密的树木将风筝的踪影彻底隐藏起来。它掉进了河里，它的纸将溶于水，在那儿，有漫长的旅程也在等待着风筝。然后风筝的骨架会去往海里，在那里它会到达世界深处。在风筝骨架周围，珊瑚和牡蛎会建起它们古老的巢穴。在那儿，鱼会产卵、螃蟹会用沙子覆盖它们的幼崽。巨大的蝠鲼也会死在那里。在它们的尸体之上，发光的小鱼掘出柔软易变的洞穴。这里还会通过水下洋流，造成一些小混乱。几百年后，短暂的涡流会上升到水面，然后一切都会恢复原状。无声无息的时光，犹如白茫茫一片中无声的呐喊。被囚禁在自己幻想的边界中的生物，称这为生活。早晨卡车的到来标志了一天正式的开始。后来又有两辆。昨晚路过了好几辆卡车。山上的士兵啊，他们因为连夜行军正倚靠在步枪边打瞌睡。卡车过不去了，它被困在河岸边的淤泥里。引擎疯狂地工作着，猛烈地咆哮，停下来，然后再次呼号。他们开始砍树枝。其他人也来了。总共来了七辆坦克。他们一起推卡车，动了，众人兴奋地尖叫。他们冲着水、冲着泥发出愤怒的可怜尖叫。现在他们开始唱歌了。他们歌唱灾难，歌颂鲜血，歌颂他们的女人、孩子和瘦骨伶仃的老黄牛。还有伟大的母亲。他们的死亡是属于一个恭顺士兵的死亡，他们恭顺地走进坟墓。农民、织布工、铁匠、演员、寺庙学徒、学生、律师、小偷、官员的儿子、机械工、水稻种植工、修路工。他们的名字是一样的，他们的面孔是一样的，他们的死亡是一样的。寂静从远方传来，就像一张来自另一个世界的大网。昆虫开始苏醒。树叶中藏了一条蛇。也许和昨晚爬过我双腿的是同一条。花纹明显的鳞片包裹着冰冷的血和水。万物之母穿过它们的领地，它们尖牙中流出千年的致命液体。失亲者常来向我询问自己痛苦的原因，柴堆中升起的烟雾将他们肮脏的帐篷升向空中。但语言对我来说已经没有意义了，我也不能对他们说什么。其实他们通过其他方式也会明白，就像血液明白如何在血管中奔流，盲目地，无益地明白这一切。他们害怕死亡，但最后也会在死亡中休息，化为灰烬在河流中顺流直下，留下来自其他世界的新生命、食物、养分的酸味。蛇先于他人感知到周围的脚步，向灌木丛深处逃离。村里的人带着他们的手推车，把一切都带走了。教士赠送的豪华婚床，上面是生锈的仿金装饰，在性交时吱吱作响。快逃吧。市长和他浮肿的妻子。他来祷告时尽撒谎。小庙的祭司。不规则车轮在桥面上晃动和打滑。不完整的生命，绝不是构成真实面貌的碎片，就像洗完澡后沉积在池子里的灰色碎屑。污秽的油脂，痛苦的心,成堆的废物。他们非常渴望逃离,但是另一场毁灭将他们推得更深,这是深居于他们潜意识的不安的黑暗中唯一真正的灾难。他们回过头来看我。那些老一辈的人,我看不懂他们的眼神。我也不能告诉他们,逃离无处不在的危险是多么无用。他们是为了信仰而祈祷的人,为了喂养犁牛而耕地的人。破烂的家什是他们的拖累。他们给我留下一些贡品。那是他们不想带走的东西,一些对他们来说陌生的东西。寡妇和她的孩子。寡妇的眼睛突出,乳房干瘪。寺庙里的花,她不敢扔掉它们也不敢将它们留在雕像面前。这些雕像曾为狂热的人建造,明天它们将被同样的狂热摧毁。寡妇不会走太远的,因为她已经被标记了、被围困了、被选择了。安德拉,那个在圣者面前整夜裸舞的人。她的孩子有一天会记得"……当我们逃离詹德里布尔时,她在途中死亡。我们把她抬到一棵非常高的树顶,让她在那里安息,让她接受风的拜访和雨水的洗礼。我们看着她,直到我们看不见她的遗体。"然而,这也不会是他们认为的那样。至少不完全一样。他们将带走一些东西,但他们自己永远都不会知道将带走什么。伟大的母亲的死催生了死亡,鲜血飞溅,白骨成灰。他们回首往事,看着被遗弃的家园一片寂静,在那里他们会长时间地呼喊他们的欲望和恐惧、他们的痛苦和狂喜,试图在旅途中找到呼唤的东西。士兵,带着信号旗逃跑。我看到他了,他也看到了我。他说了些什么,离开了,他什么也不知道。也许，我也不知道我一个人在做什么。他又看了我一眼，跟着其他人走了。一把剑上绑着蓝色缎带，刻着粗糙的战神之词。

中午时分，沙拉亚伸手拿了半个快风干的橙子，他开始咀嚼一块散发着持久香味的果皮。正午的热气将水果的香气散布在一群疯狂舞蹈的昆虫中，它们疯狂地撞击着圣者年老的皮肤。水声变弱了，河流又回到了原来的路线中。当太阳开始下山时，一阵轻微的困倦笼罩、席卷了圣者僵硬的身体。在梦中，圣者将发现自己命运的秘密。

水哗哗乱溅，水在跳跃，溪流激起冰冷的泡沫。从山上下来的水在漩涡中翩翩起舞，在水池中缓慢流动，光滑而温暖。小广场上飘着香料燃烧的气味，回荡着舞蹈的伴奏音乐。乞丐老妇人没牙的嘴笑着。无情的羁绊和巨大的甜蜜沉重地压在胸口，很痛苦。漫长的午后，血液在流动。那是一种幸福，是老鼠们进食时能够感受到的短暂幸福。肉体的记忆被覆盖了，开始了前往另一个地方的旅程。曾经胆怯的牧羊人拥有世界的一部分，现在他们变成了挑剔的商人、病人、固执的梦想家，他们孤立无援。螺旋桨咬住嘴里的浑水。无尽的黄色污染预示着繁华的大官城，机器湿烟熏染的对称楼梯昭示着人类的智慧。理性之地啊。广场上，男人和女人穿过落日薄雾。杯子里装满了灯光，不同的色彩正在跳跃。渐渐地，光线消失了，只剩下蓝色和绿色光线在跳跃。灯光跳过洗礼的泡沫，跳进了不满和勤劳的主人所在的黑暗通道。鸟儿在歌唱，昆虫在鸣叫，在树木投下的阴影中，汗水流淌在背上。最聪明、最年老的人的皮肤啊。他的乳头下垂，下方是松弛地堆积在一起的肚子，浸泡在蕴含真理的汗水中，汗水净化旧日的欲望，汗水净化新生的欲望，汗水抹去从巨大的石头建筑中赢来的头衔——那些争论的导火索。我的教父也是我的老师，通晓世事的人，一位苦行僧，真理之父。我的兄弟们，是时候开始最后一场战斗了。示威活动、山中的监狱、党派及它如同觉醒的身体中的血管一样工作的附属组织。在这里，当一切似乎都平静下来的时候，我还可以做主人，在我的阳伞下按我的规则办事，让人们走向善恶，顺应他们的命运，我还能宣讲教义，让人们变得更好一点。留着红色小胡子的专员来了，他的脖子上热得直冒汗。在肮脏的军营灯下和人争论不休。他的思考方式古板却有效。尽管这种规则能保证事情顺利进行，但是会让办事的人和现实脱节，熄灭他们最好、最可信的可能："没有人知道你为什么和他们说话。他们不在乎，就像他们不知道我为什么在这里一样，我也不知道。唯一已经拥有所有答案的人是你，但它们对你毫无用处。我们的归宿都一样。你是圣人。不是所有的人都可以成为圣人。他们带来破坏性的愤怒和建设性的欲望。黑暗已经征服了你的内心世界，但你毫不在乎，你和他们一样悲惨和贫穷。因为你的虚荣心将让你开始无尽的旅途，而在这面前，你曾走过的道路太微不足道了。站在他们身边，引导他们，帮助我稳固威信，让事情都井然有序地进行。之后，他们将尽其所能进行管理；而你，在我们中间生活过、工作过，深知衡量人类的唯一标准是理性。剩下的就是疯狂。你知道的。"颜色黯淡的眼镜蛇，那是真实的皮肤。我梦见自己回到了唯一的梦境，这个梦境的一段与不说自己名字的神相连，也与众神之父和众神之母相连，都是人类转瞬即逝的幽灵奴仆。我在梦中做梦，我梦见一个人像大象那样抬脚；梦见一个人用手指着一个地方说道："不要害怕。"梦见持火者，他骑在龟背上。时间快到了，在好几个小时前就在逼近了，但还没有到。

　　沙拉亚睡着了，被人遗忘的詹德利布尔还在昏昏沉沉的午睡中，入侵军队的第一批部队开始到达这里。他们支起帐篷，清点车辆。当圣者醒来时，村庄开始燃烧，房屋潮湿的木头在傍晚温柔的空气中爆炸，浓密的黑烟飘到高处，笼罩着天空。村里来了很多人，不断到达的卡车和坦克的呼啸声表明这不是一个小队，而是主力部队。扩音器里传出高亢、粗暴的指示，指挥士兵在该地区的行动。士兵们被提醒采取措施，防止躲藏起来的人组织起义。喧嚣一直持续到深夜，然后村子和周围重归寂静。

漫长的一天后士兵累得睡着了。他们认真地思考民族的救赎、平等、不公正的终结、人类之间的兄弟情谊。可是他们自己带来了新的混乱，也带来了死亡和新的不公正，造成了新的痛苦。这就像有人在有毒的水流中洗手。正走过来两个人。他们用手电筒照亮道路。他们也是农民，年轻人，他们带着一个女人。看样子，女子不是被他们俘虏的，就是主动跟着他们讨钱讨饭吃的妓女。他们正在剥她的衣服。古老的仪式在没有信仰和爱的情况下开始了。他们的手和膝盖都在颤抖。世上古老的耻辱运动。她笑了，身体中的阵阵浪潮让她的皮肤和四肢都产生反应，她的身体被压在地上。必要的母亲。他们又一次出生，在生命初始处相聚。他们同时呻吟和大笑。一具有着两只醉酒的脑袋的躯体，在重生的眩晕中受伤，长久的、极度的痛。另一个人腼腆地笑着，对他自己的羞耻和期待微笑。他们在被解放的土地上播种了孩子。另一个人忽然用手电筒照在我身上。

士兵和女人站在那儿，死死地盯着眼前的圣人，他被覆盖在一大堆肮脏的破布中，俨然像个木乃伊。沙拉亚刚在黑暗中目睹了他们短暂的快乐，二人避开了沙拉亚炽热的目光。圣人已经几乎没什么人样了，女人将目光移开，开始用衣服裹住自己的身体。两个士兵仍然很好奇,凑近了一点。终于,其中一个人突然反应过来:"他看起来像个圣人!但我们不能让他监视我们部队的行动。他已经看到了我们,他肯定早就数过我们的卡车和坦克。再说,也不会再有人来敬拜他了。他的日子已经结束了。"另一个人耸了耸肩,头也不回,挽着女人的胳膊沿着白色的马路走开了。还没走几步,刚才说话的人就举起了机枪,冷漠地看着圣人不成人样的身体。面对沙拉亚空洞的眼神,那紧盯着永恒的时间灾难的眼神,那人无情地扣下了扳机。

在每一片飘摇的叶子中,我的命运都被预见到了。这个场景是如此熟悉,可是对现在的我来说如此陌生。当小猫头鹰在高高的夜空中完成它的一圈试飞,那些不幸的权柄也许就完成了它们的愿望。有一种力量将我们团结起来,将杀死我的人和世界之楣上重生的我结合起来。这个世界看上去存在不了太久,就像陀螺的花,又像以不可阻挡的势头奔远的潮,只在唇上留下生活那铁一般的味道,它在这个栖居的死去的可悲星球无关紧要的土地上奔跑,死去,那星球又存在于虚无、环形的空洞中,那虚无在冷漠地燃烧,永远,永远,永远。

报刊短篇

一

克雷塔罗[1]幕间剧

献给弗朗西斯科·塞万提斯

持续的乌鸫鸟叫声欢快而富含情感,慢慢地把他从午夜沉睡中唤醒。他在花园浓浓的香气中醒来,他以为自己在库埃纳瓦卡[2]。沟渠中平静的水声,就和他年轻时在格拉纳达度过的时光一样轻松——远离痛苦的噩梦、远离令人筋疲力尽的、毫无意义的对抗宏大帝国的不可能的斗争梦想。他在床上翻了个身,仍然沉浸在温暖舒适的昏睡中。可是,厚厚的木地板、谷仓的强烈气味、霉菌的味道、腐烂昆虫的臭味,还有军刀的叮当响声以及枪托撞击院子水泥地面的声音,突然把他从愉快的睡眠中拉了回来。

他躺在不舒服的草褥子上一动不动,他醒了,清楚地意识到他将开始在这个世界上的最后一天。乌鸫鸟继续歌唱着,庆祝着新一天的奇迹。几个月以来,他始终因为难以决

---

[1] 克雷塔罗,墨西哥的一个州。
[2] 墨西哥城市。

断而痛苦不堪，他的野心，他那不可能实现的乌托邦式美洲帝国之梦始终束缚着他，他与之斗争，却是徒劳无功。而现在他第一次感受到了极大的平静，一种近乎幸福的安宁。他获得了力量，他终于看透了谎言的枷锁，看到了冠冕堂皇的说辞背后的拒绝，看清了束缚了他的命运并主宰了他生命最后五年的不祥迹象。他的一生是一个漫长的错误，他的才华都没有在应该的地方发挥最大作用。他在思考，到底是什么时候开始一切偏离了方向。最终这样徒劳的审视让他痛苦又感动。

进入院子的汽车车轮滚动发出声音，铃声响起，表明神父来举行弥撒了。他又想起了库埃纳瓦卡，想起了鲜花的芬芳，想起了三月早晨广阔而宁静的山谷，想起了远处的群山在湛蓝的天空映衬下，在紫色和粉红色之间形成阴影。他曾多次向他的妻子说起过那座征服者长眠的小镇，那里天堂般的、超凡脱俗的环境。这位征服者为他的传奇祖父塞萨尔·卡洛斯的荣耀而效力。自从他还是个孩子以来，他就一直沉迷于与祖父有关的回忆。祖父是他的种族中最伟大的存在，在他看来，祖父是一个神话般的、带有宗教性质的命运的代表。而不久后，他，这个伟大家族短暂存在的、飘摇不定的后代，也将自杀式地追随类似的命运。当牢房的门被打开时，他正沉浸在自己的思绪中，他处在一种病态的、会使人瘫痪的喜悦之中。牢房里一个直立的影子使他无法在六月的清晨看到依然闪烁着星星的天空。来人是准备听他忏悔的神父。马克西米利亚诺还没准备好,他简单敷衍地说了声抱歉。神父转身出了牢房,犯人开始慢慢地穿衣服。他有些惊讶地注意到,觉醒后的安宁并没有离他而去。相反,这种感觉在他内心扎根,并完全控制了自己的思想。

他突然意识到自己已经两年多没有和普通人一样正常穿戴了,他含糊地笑了笑。

于墨西哥,1982 年 7 月 24 日

二

君士坦丁堡幕间剧

献给罗德里格·加西亚·巴尔查

公元 1453 年 5 月 29 日温暖的早晨，土耳其人开始了对君士坦丁堡城墙的最后一次进攻。君士坦丁堡是东罗马帝国也就是拜占庭帝国的首都，是由雅典人建立的神圣都城，承载了神的祝福和古希腊的荣光。苏丹穆罕默德二世正值盛年，雄心勃勃，即将实现先知大军的一个古老梦想——从君士坦丁的金色首都开始统治世界。这位年轻的苏丹率领着 20 万名禁卫军士兵突破了君士坦丁堡的城墙。前门已被拆除。拜占庭皇帝派来包围都城的热内亚雇佣兵古斯蒂尼亚尼被攻城大军投掷的石头击中，其他热内亚雇佣兵随后惊慌地逃窜。希腊人臣服在异教徒的脚下。一场残暴的屠杀开始了，鲜血染红了步道、寺庙的楼梯和神圣的圣索菲亚大教堂周围——在那里，穆罕默德接受了独裁者的加冕。在同一个地方，刚庆祝过建国千年的帝国的太阳即将落下。那个本可以在东方推进基督教的国度，那个为世界另一半的财富和知识打开大门的国度，那个为西方基督教启蒙的伟大国度，保留了雅典历史财富并创造了新传统的伟大国度，那个仅次于罗马的最大、最辉煌的基督教首都，现在被火焰吞噬了。它成为一个封闭、令人窒息、狂热的世界的一部分，该世界将根据《古兰经》的戒律衡量生活标准，并与基督教宣战。

随着拜占庭的灭亡，罗马帝国失去了最后一个统治东方的机会，一个时代永远结束了。土耳其人总有一天会来到维也纳。曾经，西方的知识、人文主义传统和对人类作为永恒真理创造者的价值的坚信构成了西方基督教世界的社会基石。如今，土耳其人将不断威胁动摇这块基石，直到时间的尽头。三十九年后，天主教双王的旗帜将打开一个新的世界，试图接过拜占庭帝国未完成的大业。可是，最终不过是徒劳的尝试。人们将永远不会再有机会实现他们在地球上的最高使命。

在弗拉科纳斯宫殿脚下，巴列奥略王朝的年轻皇帝君士坦丁九世身着拜占庭传统的白色束腰外衣，正在抵御一群将他围困在堡垒墙上的异教徒。有一小撮守卫想要保护他，但被土耳其人的弯刀无情地刺穿了身体。高大的君主啊，漆黑的眼睛里充满了愤怒和痛苦，像狮子一样攻击和防御。愤怒的泪水顺着他年轻的脸颊流下。突然，他提高了声音，呼喊着发出最后的恳求："难道没有一个虔诚的灵魂来处死我吗？"几天后，他那双被希腊人的守护神天主之母涂膏的金色鞋子，在瓦砾废墟中被发现了。

三

美泉宫幕间剧

献给海梅·穆尼奥斯·德·拜纳

四匹汗流浃背的马拖着一辆马车,停在美泉宫宽阔的主楼梯下。宫殿面向多瑙河,河畔的花园在五月显得生机勃勃。这座由玛丽亚·特雷西娅女皇参与修建翻新的建筑和很多同时代的建筑一样,徒劳地试图复制凡尔赛宫的传奇。如今它已被主人抛弃,留给了征服者。

在加冕不过五年的拿破仑的恩惠下,神圣罗马帝国的统治者、有近千年历史的哈布斯堡王朝离开了首都维也纳。这是一个怎样的故事啊!除英国和俄国,整个欧洲都得向帝鹰鞠躬!马车停了下来,两名副官先下了马车。在瓦格拉姆小村庄战斗的血迹还留在他们的制服上。看来,盟军又一次被击败了。然后,一个身穿警卫军官灰色斗篷的矮小身影走了下来。法国皇帝占领了美泉宫——他的宿敌哈布斯堡家族的住所。他迈着充满活力的步伐穿过宽敞的大厅,然后是豪华的房间。他的副官已经三十个小时没有休息了,一个个精疲力竭地跟在拿破仑后面，一言不发。

最后，皇帝豪放也略粗鲁地坐在了朝向花园的椅子上。他坐在那里，没有脱掉外套，也没有脱下那顶引人瞩目的黑色三角帽。他陷入了沉思，他灰色的眼睛定定地看着远处一个点，不知不觉地迷失在他狂热的回忆中。维琴察公爵科兰古走了进来，拿破仑的助手给了他一个手势让他安静，于是公爵和助手们一起站在旁边。现在，拿破仑已经连续五次打败了世界上最强大的国家联盟，没人敢打断这位欧洲主宰者的沉思。

拿破仑还沉浸在思考中，他有规律地呼吸着，身体依然一动不动，这给大厅里的氛围添加了一种超凡脱俗的寂静，这种寂静笼罩着已经被暮色侵入的房间。时间流逝，太阳下山，原本在阳光下闪烁的格子天花板和金色大门也不再闪耀，黑暗几乎占据了房间。椅子上垂着一只纤细、白皙、和女人一般的手，一动不动。突然，一声缓慢而深沉的凄凉叹息从拿破仑皇帝的胸膛中溢出，他对着花园潮湿的阴凉处，对着将他从长久的沉默中解脱的记忆的地平线喃喃道："我的生命多么传奇啊！"

四

尼斯幕间剧

献给迭戈·加西亚·埃利奥

帝国的军队在城郊扎营休息。皇帝查理五世[1]攻打弗朗索瓦一世的普罗旺斯领地失败后,正在撤军。下午晚些时候,皇帝在他的帐篷里,正和从德国来的特使们商谈,听说他们带来了有关新教选民策划阴谋的消息。但这件事并没有引起皇帝足够的重视,条顿使者[2]失望地从帐篷里走了出来。显然皇帝的精力现在放在别的事情上。他还在想穆伊的那个小堡垒。很有可能会有五十名火枪手在那儿奋力抵抗帝国的围攻。但他不想因为一点反抗的迹象就决定退缩。他们的大部分军队必须通过那里撤退。他派出了他最久经考验和最亲近的两名骑士来完成围攻:唐·弗朗西斯科·德·博尔哈,伦贝侯爵、未来的甘迪亚公爵,他将作为教会最杰出的圣人之一登上祭坛;加西拉索·德拉维加,

---

1 神圣罗马帝国哈布斯堡王朝皇帝。
2 条顿人,古代日耳曼人的一支。后用于指代日耳曼人及其后裔,有时也泛指德国人。

绅士的镜子，他能够用卡斯蒂利亚语写出最美丽的诗篇。尽管已经下达命令，查理五世的担忧有增无减。来自葡萄牙和佛兰德斯[1]的信件被送到了查理手里，但他没有勇气打开。查理浑身上下散发着忧郁，那种源自葡萄牙血统的忧郁。他正在考虑如何处置他人的生命，如何处理他人那无法救赎的悲惨命运。我们的君王已经三十六岁了，生活已经压在他的身上。为了保持统治者的清醒，他成长为一个嵌合体，结合了游侠骑士的灵魂和难以捉摸的梦想家的思维。秋天的阳光在带有帝国标志的布料和衣物上留下温暖的铜色光环，赋予它们永恒而独特的色彩。查理一只手放在剑柄上，另一只手心不在焉地抚摸着他那令人生畏的无敌祖父留下的物件，查理在怀疑和焦虑的迷宫中迷失了自己。脚步声响起，武器的叮当声响起，查理盯着走近的伦贝侯爵，他的衣服上沾满了鲜血，脸上带着难以言喻的痛苦。他们终于攻破了穆伊堡垒，可是加西拉索·德拉维加却倒下了，他在侯爵的怀抱中闭上双眼而后失去知觉，他的生命永远留在了穆伊城墙上。有几位骑士好奇地凑过来打听发生了什么。查理的身体保持着一种奇怪的僵直状态，就像一只被猎杀的野兽一样一动不动。他的下唇微微颤抖。最后，举起右手放到前额，然后是左肩，然后是右肩，然

---

[1] 佛兰德斯，西欧的历史地名，如今文化概念上的地区，包括今比利时的东西佛兰德省、法国的加来海峡省和诺尔省、荷兰的泽兰省。

后在心脏的位置停留片刻。在场的人跟着查理一起重复了祈祷的动作。查理压抑着情绪,声音低沉,以一位基督徒也以一位朋友的身份说道:"上帝会庇佑身旁这位优秀的绅士。"西班牙最优秀的诗人,永别了。

五

南大西洋幕间剧

献给圣地亚哥·穆蒂斯·D.

一艘纤细却重达 1 234 吨的三桅轮船正在南大西洋海面上航行。这艘船是最后一批在澳大利亚和伦敦之间提供客货运输的船之一,顺风静静地将轮船推向大英帝国的首都。在托伦斯号小而舒适的船舱内,两个人在只有南半球才能看到的繁星点点的寂静夜空下对话。

轮船的二把手是个有船长军衔的人,但是由于船上能提供的职位太少,他不得不接受一份月薪只有八英镑的水手工作。他身材矮小,神态紧张但富有贵族气息,黑色的头发和同色的眼睛一直保持着同步的移动。他身上有一些女性的姿态,同时又有着典型的皇室贵族才有的气质与随时准备发号施令的大男子气概和深沉嗓音,真是奇怪的组合。他的英语语法无可挑剔,但带有一点烦人的斯拉夫口音,这让他说的话有时让人难以理解。另一个说话人是一位和蔼可亲的年轻人,他的领带是剑桥大学的标志颜色,他无意间在谈话中透露出深厚的古典文化和文学素养。他进了二把手的船舱，归还了后者借给他的一些手稿，并且想听听后者对这些手稿的看法。海员纤细的手指握着书页，字很小，不太清晰，很不规则，显示了作者当时的狂热。长时间的沉默后，二把手盯着年轻人问道："怎么样？你喜欢吗？你觉得值得吗？"年轻人是个受过良好教育的英国人，他平静地回答："非常值得。"外面钟声响起，该换班了。二把手站起身来，穿上厚厚的水手短夹克，打开门请来访者先离开。他道了一句简短而亲切的"晚安"，其他什么也没说。

接班以后，二把手靠在船艏的栏杆上，看着黑暗而温顺的水域。"所以，这是值得的，"他如是想到，"这个荷兰商人阿尔迈耶的故事是值得的……这个商人被群岛的炎热气候吞噬，他的马来妻子幼稚而反复无常，于是他开始慢慢地堕落。他没想到，他与拉贾肮脏的冒险故事有一天会成为被无数读者阅读的小说主题。真是奇怪的命运啊。在海上漂泊了二十多年，现在，他突然想开始他的作家生涯。这已经不是他第一次来到人生的十字路口。生活还有多少个这样的十字路口给他选择呢？"在值班结束时，他做出了决定。抵达伦敦后，他将完成他的小说并将其寄给出版商。寄给哪一家呢？无所谓，哪家都可以。

船舱里固定在天花板的顶灯随着船的晃动吱呀作响，他慢慢地脱下衣服。他开始认真地思考，以后该用什么新名字迎接新生活呢？肯拉德（Konrad）·科热日尼奥夫斯基？还是约瑟夫·肯拉德（Konrad）·科热日尼奥夫斯基？但是字母 K 看起来不太顺眼，这让他很烦恼。康拉德（Conrad），更好。是的，约瑟夫·康拉德。

那天晚上，月光下，在平静的大西洋海面上，那个时代和有史以来最具创意、最伟大的叙述者之一诞生了。

六

斯特兰德幕间剧

献给冈萨洛·加西亚·巴尔查

傍晚时分,在斯特兰德河畔的一家小酒馆里,身材魁梧的男人正在打瞌睡。在他常坐的角落里,他食欲旺盛,一边吃着大份炖牛肉,喝着一杯又一杯的淡啤酒,一边看着从地球上最远的地方来的船只在码头装卸。他看着阳光洒在桅杆上,洒在轮船抛过光的柚木地板上,洒在铜质船锚上,通过脏玻璃的反射落在喧闹的码头。

他在卧铺上躺了很长时间,轮船将带他去炎热的地区,在那儿的村庄里生长着长青的树木,到处弥漫着香料的气味,而且到处都是深肤色和半裸的居民。船长和水手曾经和他讲过在那些土地上的见闻,于是,不抽烟的时候,他就在梦中无数次地幻想重现这些地方的样子。

他于1712年跟着汉诺威的随从团队抵达伦敦,后者将成为英格兰的乔治一世。他于1726年成为英国公民。他与君主的关系曾有过一些起起落落。两人都有非常难相处的性格，都自视甚高，两个人总是执着于自己的立场，不肯让步。不过现在，他在宫廷受人欣赏，英国人早已将他视为自己的一员。他对自己的家乡没有留恋。家乡萨克森的单调草场一点也不让他想念。他喜欢伦敦港忙碌的生活，喜欢在泰晤士河边散步，喜欢领主、修士和战士之间建立的真挚友谊。

他的记忆中响起海员常哼唱的曲子，海员走上陆地，眼里带着醉醺醺的对其他世界的怀念，他们的快乐极具感染力。在遥远的另一个世界，海员们的感官沉浸在能够满足最猎奇的胃口的永久宴会里。就这样他在小酒馆度过了下午，港口杂乱无序的工作还在继续。

那天下午，他有些郁闷，内心有什么东西在困扰着他。他感到自己似乎错过了什么东西。好像他本应该在什么地方大放异彩、与人交流他那无尽绚丽的思考，现在却被困住在一个小地方。忽然，在记录码头物流的桌子上，他注意到了日期：1742 年 4 月 13 日。他恍然大悟，明白了什么在困扰他：今天，就在同一时间，在都柏林的一个慈善晚会，那件作品将会首次登上舞台。为此他付出了巨大的努力，他把他所有的聪明才智都奉献给了这部作品——他的清唱剧《弥赛亚》。亨德尔先生宽阔的胸膛发出一声深深的叹息。是的，确实，最好在场，在观众中感受他音乐的效果。他耸了耸肩，叫服务员给他把啤酒倒满，酒精麻醉了他的思绪。现在一切都很好。时间会证明的……他知道，他的工作会克服时间和人类不稳固的记忆。于是，一个微笑在他丰满的嘴唇上蔓延，随后布满了他那性感的撒克逊人的脸庞。

署名阿尔瓦·德·马托斯的作品

大生意背后的小故事

克里希纳·梅农在酒吧毫不忌讳在场的联合国代表,和我谈起了那件事。几个月后,扬·格罗比兹基在总部再次向我提起此事。当我作为本国代表之一参加巴西新总统就职典礼时,我在日内瓦认识的哥伦比亚商务参赞在伊塔马拉蒂[1]也和我提及了那件事,那位参赞表现得好像那件事甚至威胁到了他整个国家的利益。如此多的人在不同的场合和我提起它,和我国际黄金市场委员会成员的身份有关。他们每个人都担心黄金走私的问题。自从战争结束,黄金的走私数量一直在上升,甚至发展出了一个强大的、能够影响全世界的走私组织。

这些会谈后的第二年,我前往日内瓦,与国际刑警组织达成一致,参与制订一项打击全球黄金走私的计划。我的工

---

[1] 巴西城市。

作,与其说是国际联盟的外交惯例,不如说是戏剧化的阿尔弗雷德·希区柯克的电影情节。

准确地说,最先影响我的是我的朋友扬·格罗比兹基。我们常去的裁缝铺是同一家,而且我们都读瓦莱里·拉博[1]全集的原稿。作为一个波兰人,扬从来没有过任何危险的预感,如果他有,他也不会在意。有一天,格罗比兹基从位于王子街的公寓中消失得无影无踪。有人从他的办公室打来电话,问他是不是生病了,但都没有人接。扬偶尔会在酒吧里大谈他的斯拉夫主义,于是他的秘书不得不跑了两三个酒吧询问他的下落。可是,扬前一晚并没有去那几个酒吧。美国大使馆的官员和国际刑警组织的成员与总部的人开始合作寻找我的朋友,但是没有找到。扬消失的时候没有留下任何痕迹,没有人知道关于他的任何事情。门房没有看到他,他当时的两三个女朋友也没有他的消息。扬失踪的消息在早上传到日内瓦,当天下午我收到了一封签着格罗比兹基名字的信,这封信让我十分担心。信里是这么说的:

亲爱的德·马托斯,

我准备休息一段时间,我会和一些朋友一起去卡拉奇[2]。我没有及时通知朋友和同事,希望你们不要介意,真

---

1 瓦莱里·拉博(1881—1957),法国诗人、作家。
2 巴基斯坦城市。

抱歉。另外,我的旅行伙伴们希望你不要在黄金委员会太卖力地工作,他们说在你这个年龄,工作太努力会让你付出惨痛的代价,你应该像我一样去度个假。照顾好阿黛拉,记得替我还欠布莱恩斯基的钱。

祝好。

扬

信中的三点给了我线索:我朋友正处在危险中,他敦促我与阿黛拉·德·曼齐联系。当初我把他介绍给阿黛拉,是因为我觉得扬这个人的斯拉夫灵魂比葡萄牙人的性格更适合那个女孩。扬在布赖恩斯基的餐厅从来没有任何欠款,他很少去那里,因为他不太相信那家饭馆老板的新波兰爱国主义。卡拉奇一定不是他所在的城市。我忽然想起扬常常用法语重复的一句话:"如果想成为法国的伟大诗人,那你必须当过卡拉奇的领事或是里约使馆第一秘书长。"这么说,莫朗[1]、佩斯[2]和克洛岱尔[3]都有可能,但他们都不是扬特别崇拜的人。突然,凭着无端的直觉,我相信扬指的应该是里约热内卢,我确信。想明白这一点后,我与两名国际刑警组织特工开始寻找阿黛拉·德·曼齐。我们于清晨抵达巴黎,直接

1　保罗·莫朗(1888—1976),法国作家。
2　圣琼·佩斯(1887—1975),法国诗人、剧作家、外交家。
3　保罗·克洛岱尔(1868—1955),法国诗人、外交官。曾担任驻中国(清末)法国领事。

前往布兰奇舞厅。阿黛拉在那儿工作，打扮成毛绒动物的样子跳脱衣舞，先是扮成鹿，然后以燕子的装扮结束。阿黛拉的话让整件事情都明了了。一定是布莱恩斯基和扬一起走了。扬和阿黛拉在餐厅吃饭的时候，老板布莱恩斯基悄悄靠近说后厨有人想和他说话。扬跟着老板去了餐厅后厨，阿黛拉等了很长时间都没看到扬出来，她很累了，于是就自己先离开了，她还以为这是那位波兰朋友的恶作剧。

两天后，在警方的压力下，布莱恩斯基承认自己是经济学家扬·格罗比兹绑架案的共犯之一。后来我回到日内瓦，我们把整件事情拼凑起来。扬从里约热内卢回来了。扬被安置在里约热内卢主大道的一间豪华公寓里，他的绑架者试图在不使用暴力的情况下向他施压。他们好言相劝，想和扬合作，然后获取有关黄金国际管制的某些信息。一天早上，他们把他留在金坦迪尼亚酒店的大厅里，扬从那里给我打了电话，说他被放出来了并告知我整件事情的严重性。与此同时，几天前，在斯德哥尔摩发生了一件怪事。也是因为这件事，我们终于了解了这个复杂的时代最奇怪的一桩生意和产业。

在斯德哥尔摩港口仓库，停靠了一辆来自印度且无人认领的彩色道奇敞篷车。人们准备把它从仓库的一侧移动到另一侧时，有人发现固定起重机链条的底盘位置发出了奇怪的光芒。在查明这种光彩的来源后，人们发现这辆车整个底盘都是用十八克拉黄金打造的。海关对车辆的文件和组装都进行了检查,发现这辆车已经在巴西出售。在对车辆的检查报告中,格罗比兹基写道:

全球黄金走私联盟垄断了非法黄金贸易,并为其成员提供报价,让他们每天都能了解走私贵金属原产地和目标国家市场的情况。有时黄金价格变化太厉害,就像斯德哥尔摩那辆汽车一样,他们就必须中途停止操作,直到等到情况再次有利才行动。有些不属于联盟的人会在这时冒着风险去取车,到时候就会被监视着动向的警察抓获,他们就是黄金走私联盟交给警察的替罪羊。

联盟的野心日益增大。如果有一天他们能够通过控制国际黄金委员会和其所代表的政府来决定黄金价格的起伏,那么这个走私联盟的规模之大,权力之大将是我们无法估量的。而格罗比兹基就是实现这一目标的关键。不过走私联盟失败了,他们低估了我的朋友也就是让·卡齐米日[1]王朝后代的坚定立场,也忽略了巴纳博的梦想并不是我们这位明智的经济学教授的梦想。巴纳博是亲爱的作家瓦莱里·拉博创造的人物,梦想是拥有全世界的地产,我们的教授与之不同,他憎恶西装革履,也讨厌有突出才干的女人。这是在日内瓦的旅馆房间里听格罗比兹基说的,他详细地讲述了绑架

---

1 扬·卡齐米日(1609—1672),波兰立陶宛联邦时代的波兰国王和立陶宛大公。

他的人为了说服他利用自己高级国际经济组织的职位与走私组织合作，向他提出的一系列令人难以置信的条件。

"他们提了条件，"他说，"说可以用我想要的任何名义在不同银行存入现金，里面有七个零。我向他们解释说，对我来说，知足常乐，这是幸福的关键。他们后来还说，可以帮我杀了阿黛拉·德·曼齐。在他们眼里，杀了阿黛拉好像是为我解决了一个麻烦。他们告诉我，只要他们愿意，我现在就会躺在里约热内卢海湾底部的一个袋子里。我说，我倒是挺好奇大海的深处是什么样子的，我想去那儿看看，是不是海底真的像兰波在《醉舟》[1]里写的那样会有轰隆声。我没有表现出害怕，他们特别失望。他们拟了封信，里面写了我答应给他们的组织提供情报，最后还有仿造的我的签名，他们威胁说要把那封信寄给我的老板。我跟他们说，对于这么大的国际经济组织，给他们发一封文件可不容易。后来他们不给我送饭了，想借此削弱我的意志，最后强迫我答应他们的要求。我和他们说，这样正好能让我减肥，我非常喜欢这样的饮食方式。你也知道，他们走私组织也有底线，底线就是不能杀人、不能和跟黄金走私以外的法律事务过分纠缠。但那些绑架我的人不知道我早就清楚他们这条规矩了。当国际刑警组织到里约寻找我的下落时，正好道奇车也在斯

---

[1] 法国象征主义作家阿尔蒂尔·兰波创作的一百行诗。

德哥尔摩被人发现了，所以他们悄悄地把我送到了金坦迪尼亚酒店。"

这个波兰人总是笑嘻嘻的，我真不知道什么时候他会感到害怕。有时候，我甚至怀疑他那么容易就被绑架了，其实是故意的，是为了享受冒险。就这样，走私组织的两名成员轻而易举地在巴黎绑架了他，并准备把他送上了一架委内瑞拉注册的 C-54 小型飞机。在去机场的路上，他想出了给我写信的法子。他在加油站的厕所里写了那封包含所有线索的信，然后借口买晕车药，在药店把信寄出。绑架他的人一个是美国人，另一个是那不勒斯人，尽管他试图说带有米迪口音的法语。对格罗比兹基来说，糊弄这两个人很容易，但是他更喜欢玩游戏一样跟着他们的步伐走。这样，他就可以充分了解走私网络的内部组织。很快，整个黄金走私组织暴露在格罗比兹基面前。事实证明了格罗比兹基以前的推测是正确的：十分具有讽刺意味的是，这个走私组织的总部就在日内瓦，每年秋天我们都会在那里开会讨论世界黄金市场动向。

相信很多读者都会发现这个故事中间有不少空白，最后的结局也并不完整。其实，讲述这些事情并不容易。这些虽然只是我外交生活中的一些有趣轶事，但是写下它们只是为了满足公众对这种职业的好奇心，其实有些违背了我的职业道德。按照常理，这个故事应该和很多同类故事一样结尾——有罪者受到惩罚，无辜者得到奖赏。我很抱歉让我的读者失望了，黄金走私组织依然在世界范围内活动。如果你们看到某个匆忙的旅行者意外地在巴拿马转机，放弃继续前往圣地亚哥的行程，而是前往金斯敦，或者如果你们帮助一位有着瑞典口音的迷人金发女郎转乘火车，但她突然发现去马德里的火车没有合适的班次，于是决定去安卡拉，因为温暖的气候更适合自己，那他们很可能正是这个巧妙的非法交易组织的成员。我给大家的建议是，如果你们恰好撞见这样的事，请保持观望，不要介入，请表现得就像没有什么能吸引你一样，除非你有扬·格罗比兹基的勇气和幽默感。当然，这不是他的真实名字。不过，我们确实同去一家裁缝店，我们的裁缝是同一个人，我们也真的都读过瓦莱里·拉博唯一完整繁杂的原稿。

德里厄·拉罗谢尔[1]往事

保罗·范德罗姆在关于德里厄的书中写道:

临终前,德里厄给他的学生吕西安·孔贝勒写了这封信:"亲爱的孔贝勒,你是我的好朋友,我最后的朋友。我希望你能好好生活并捍卫我们所热爱的东西:一个自豪的、充满活力的社会主义。至于我,我只有一只脚涉足政治,另一只脚已经在别处。我希望往后你能够维持我在老年时期极力追求的梦想。祝好……"吕西安告诉我们,在他与德里厄的最后一次谈话也就是他第一次尝试自杀的前夕,德里厄要求他的学生,如果在大清洗中幸存下来,请务必加入多列士[2]的阵营。

1939年夏天,扎克瑞·安杰洛将我介绍给了德里厄·拉罗谢尔。安杰洛正尝试用放映机胶卷修复一部亨利·德克因[3]的电影——《跳动的心》。制片人们从好莱坞

---

[1] 德里厄·拉罗谢尔(1893—1945),法国著名小说家、社论作家。拉罗谢尔在20世纪30年代成为法国法西斯主义的支持者,并且是德国占领法国行动的积极参与者。
[2] 莫里斯·多列士(1900—1964),法国政治家。1930—1964年期间担任法国共产党领导人。
[3] 亨利·德克因(1890—1969),法国著名导演、编剧。

给他打去电话,想要借助我这位朋友的丰富经验来收回投资,但只是无用功。一天,安杰洛出现在我下榻的酒店里,他看上去很疲惫,仿佛在挣扎着想要摆脱什么噩梦。"我们去王子酒吧吧,"他说,"我和刚从德国来的德里厄有个约会,我想让你见见他,这肯定是趟难忘的经历。"我有些不情愿地跟着他去了。不得不说,不管是德里厄的小说还是散文集,我只读过两三本。无论小说《旅行乐趣》《扮成女人的男人》,还是散文集《理解本世纪》都提不起我的兴趣。况且,现在法国文学界有太多反对他的声音,他本人还很受奥托·阿贝茨[1]的欣赏,所以我根本没兴趣冒险认识他本人。然而,罗谢尔却很受纪德[2]和蒙泰朗[3]这样难以取悦的人的赏识,这驱使我追随安杰洛急切的脚步,去认识罗谢尔。他习惯于大吼大叫,告诉路人,有时也告诉我他对作家的看法,确实都非常个人化:"你将认识这世上最后一个在这间大妓院保持清醒的法国人!"我已经习惯了这位朋友的电影式的夸张,这在当时是很难得的。在那个年代,人们不被允许制造如此大的动静。德里厄也很清楚那个时代的牢笼,我们都被围困起来,什么也做不了,我们和他们。这个陷阱和人类历史一样古老,人类唯一需要

---

[1] 奥托·阿贝茨(1903—1958),"二战"期间希特勒委派的德国驻法国大使。
[2] 安德烈·纪德(1869—1951),法国作家,1947年诺贝尔文学奖得主。在"二战"期间,其作品带有反帝国主义色彩。
[3] 亨利·德·蒙泰朗(1896—1972),法国散文家、小说家、剧作家。

做的是安排属于个人的、里尔克[1]式的死亡,而这正是你这感性的葡萄牙人、顽固的外交家一向反对的。德里厄有着鲜明的个人特点,自尼禄[2]和卡利古拉[3]时代以来,还没有一个拉丁人能如此深入地了解人类的命运,同时又对妓女、语言和酒类了如指掌。

夏日的阳光刺得人眼花缭乱,我们在王子酒吧找了个阴凉的角落。我们在桌子和沉默的服务员之间笨拙地前进,忽然我的眼前出现了一张镶嵌着蓝色眼睛的锐利脸庞。一个有些胆怯、缺乏安全感但不乏睿智的声音响起,说话人抑扬顿挫,口音带着浓浓的盖尔芒特的味道,同时又有一点索邦的口音特点。等我的双眼习惯了下午的光线以后,我看清了德里厄,他的形象属于法国典型的花花公子的样子,但他自己不得而知。从亨利三世[4]的嬖幸,到巴贝[5],到波德莱尔[6],再到孟德斯鸠和查尔斯·哈斯[7],法国花花公子的风度与英国的不同点在于法国人的优雅还包含着笛卡尔式的智慧。拉罗谢尔穿着浅灰色的西装,里面是浅芥末色的衬衫,系着深蓝色的丝织领带,一切都恰到好处。但拉罗谢尔本人并没有

---

1 此处指莱纳·玛利亚·里尔克,德语诗人,欧洲颓废派文学创作者。
2 尼禄(37—68),罗马帝国皇帝,54—68年在位。
3 卡利古拉(21—41),罗马帝国第三任皇帝。
4 亨利三世(1551—1589),法国瓦卢瓦王朝国王。
5 朱尔斯·巴贝(1808—1889),法国小说家和短篇小说作家。专注于神秘故事。
6 夏尔·波德莱尔(1821—1867),法国诗人,象征派诗歌先驱。代表作《恶之花》。
7 查尔斯·内森·哈斯(约1833—1902),法国著名模特。

意识到这样的搭配多么巧妙，好像每件衣服都是他随机选择的。也许确实如此，也许这些真的都是他为了赶约会匆忙从手提箱里随意拿出来的衣服。

一开始我们随意地讨论了各种各样的事情，葡萄牙、布拉加的日落、伊斯坦布尔的生活、柏林的粗俗、瓦莱里·拉博的病、里芬斯塔尔[1]和法国联合制作的电影项目，米约[2]的病、美国的纳粹组织，等等，然后话题又回到了葡萄牙。突然间，两件事将今天的谈话集中在一个主题上。这是非常具有预言性和痛苦的两件事：一是受伤的葡萄牙国王对他床前的用人说"我终将会死，但会死得很慢"；二是马里奥·德·萨-卡内罗[3]在巴黎尼斯酒店的卧室里自杀。托德里厄的福，我们混乱的谈话慢慢变得有序，就像一条水流慢慢滑动。他似乎对自杀的话题很感兴趣，这对他好像有一种神秘的吸引力。

"我去过那个房间很多次，"他说，"它没有什么特别之处。没有人知道在那个房间里，一名来自欧洲葡萄牙的文人用枪自杀了。有好几次，我一个人或者和朋友一起在那个房间里住了几个星期。这对像我这样为欧洲担忧的人无疑是一

---

1 莱妮·里芬斯塔尔（1902—2003），德国演员、导演、电影制作人。代表作有《自由之日：我们的国防军》，由阿道夫·希特勒等人主演。
2 达律斯·米约（1892—1974），犹太血统的法国作曲家。
3 马里奥·德·萨-卡内罗（1890—1916），葡萄牙诗人。被认为是著名葡萄牙诗人费尔南多·佩索阿之后，葡萄牙最伟大的诗人。

种疗愈，因为目前欧洲正在摧毁我们，并且最后将成为另一个亚洲半岛。而我们为了保住欧洲，选择了纳粹这条最危险的道路来抓紧最后一根稻草。"

"你认为德国这次有机会侥幸逃脱吗？"我使用了传统的外交官话术提起了这个永远不该被提及的事情。

"德国，当然没有。"拉罗谢尔毫不犹豫地回答，"你仔细想想，德国从未参与过这场历史闹剧。是法国人缺乏历史意识，近百年来始终着眼于大西洋对岸；奥地利政治家个个呆板；英国人狡猾；以及俄罗斯外交政策总是过分纠结于寻找所谓的平衡，这些都是导致现在的德国出现的原因。这位奥地利人——希特勒为这个混乱的欧洲联邦赋予了一种神秘感。不论这种神秘感是天生的还是我们后期创造的，但正是有了它，我们的大陆才能被称为欧洲。纳粹主义是国家建设的第一步，然后每个国家都会按照自己的方式找到出路以对抗迫在眉睫的难题。这个难题一方面来自美国，另一方面来自俄国，是为了把我们欧洲的文明从世界上抹去。"

安杰洛反对血腥的种族主义镇压、集中营，更讨厌海因里希·希姆莱和鲁道夫·赫斯这样散发啤酒臭味的人的意识形态。德里厄回复：

"突然之间，我们又回到了这个话题。你认为五十年前在法国搞政治斗争的政客比纳粹好吗？还是你认为，以张伯伦先生为首的那些掌管英国政治的人，是地位最高、最无私的人道主义者？或者你要告诉我斯大林和他的大清洗比布痕瓦尔德集中营和苏台德事件的镇压更高尚？过去两年，西班牙处在极端的困境中，没有一个人、一个国家出手帮忙，那些今天大声反对德国的人在哪里？为什么他们当时不采取行动帮助西班牙？"

这样的问话持续了好几分钟，最后我不得不介入劝阻，就像把烙铁印在这位作家麻木不仁的皮肤之上："您是报刊《新法兰西评论》的创始人，法国在加深人们对人类及其命运的了解方面所有能给出的东西，您都说得上话，您不应该站在事情的某一边，至少，在德国理想主义闹剧这件事上，您应该三思。"

德里厄转过头来，肯定地说："正是出于清醒，我选择了看似耻辱的阵营，而不是另一个。如果非要说令人厌恶的事情，那么莱昂·布鲁姆无害的善良比里宾特洛甫[1]或齐亚诺[2]背信弃义的罪过更让我厌恶。正是为了让法国生存下来，我们这些有可疑的智利特权的人才必须选择这个适合我们的恶名，一个完完全全的恶名，一个能够打消我们愚蠢且毫无结果的自由主义梦想的恶名。我正大光明地展示

---

[1] 约阿希姆·冯·里宾特洛甫，希特勒在位期间德国的外交部部长。
[2] 加莱阿佐·齐亚诺，意大利法西斯主义领袖墨索里尼的女婿。

自己的立场。相反,你看马尔罗[1],他隐藏取得的胜利,然后在正式上位前就偷偷进行一系列的改革,你们甚至都不会察觉。还有莫泰朗,搅乱了局面以后一撒手,什么也不做。我和他共事过,我看不惯他凡事都不插手冷眼旁观的风格。"

"有没有想过您的阵容会输掉的可能?"这种趋势在我心中越发明了,所以我好奇地问德里厄。

"我们不会输的,朋友。我没有什么可失去的了。此外,我知道纳粹不是欧洲命运的最终走势,这连开始都算不上。我选择了失败和耻辱的道路,因为在内心深处我不在乎,因为我已经选择了我的最后一张牌。但凡一个人有一点理智、想让自己的存在有价值,都不会活过五十岁。无论世界上发生什么,都是我的身体、我的思想、我的存在让我做出了这样的决定。我的身体组织、我的细胞、人的转变和生活的灾难都在给我发出秘密的指令,让我跟着直觉做事。想想萨-卡内罗。还有兰波[2],他的人生是最悲惨的——他的后半生就是一个对自己前半生感到绝望的小资产阶级的慢性自杀。但是,后来他逃到埃塞俄比亚进行象牙和奴隶贸易,这

---

[1] 安德烈·马尔罗(1901—1976),法国作家。1936年西班牙内战爆发以后,马尔罗加入国际纵队,协助共和军对抗佛朗哥。

[2] 让·阿尔蒂尔·兰波,法国著名诗人。战后诞生于美国的"垮掉的一代"的诗风也深受兰波影响。

可比什么科克多[1]的成功有意义得多。"

"您现在的著作和地位可以成就伟大的法兰西，但是您以身试险。"我说道。

"哎哟，这种葡萄牙风格的思考方式，这种伊比利亚的思维方式啊！抱歉啊，但我不得不直说。您得去了解，现在是谁在辱骂我，是谁在指责我与法国的敌人达成协议，是谁说我把国家和民族的自由交给了敌人。那些中左翼，那些所谓的法律和正义的捍卫者，那些责骂侮辱我的人。对这些时时能够在混乱中保全自己的统治阶层来说，抹黑我的作品很容易。但事实上，这些作品在根本上并没有什么价值，都无药可救了。自从我写了第一行，我就知道我在浪费时间。相反的，每次我去一家新的夜总会、一家新的妓院或一家新开的舒适安静的酒吧享乐时，我觉得我在做更有意义的事情——比自己的作品、比第三共和国的未来更有意义的事情。"

我们继续聊了一会儿。德里厄向我们讲述了他的奥地利之行，他讲起了美泉宫阴暗寒冷的走廊、美丽的普拉特公园以及维也纳方言与德国方言的某些细微差别。他说这一切都揭示了柏林人需要的智慧。我们又回到了自杀的话题上，突然，他看了看时钟，站起来向我们道别。我们和他一起走到

---

[1] 让·科克多（1889—1963），法国著名诗人、小说家、剧作家。代表作包括电影《诗人之血》和《美女与野兽》。最后死于心肌梗死。

门口。在那儿,有个肤色黝黑的女人坐在招摇的德莱[1]汽车里正等着他,看起来是个斯拉夫人。但是看女人精致的皮肤和举止,很可能是个斯拉夫裔的英国人。德里厄向我们挥手告别,然后消失在车流中,我们只能隐约看到汽车顶棚上的黄色污渍。

二十三年后,在火车换乘的匆忙中,我在旅途中购买了一本《新法兰西评论》杂志,上面刊登了德里厄的秘密故事。我听说了他与德军的合作的消息。据说,他逃到了日内瓦,后来回到巴黎接受审判,再后来他在公寓里用巴比妥类药物和毒气自杀。他的朋友或敌人的证词都没有让我明白他自杀的真正动机。通过这份简短的遗书和他本人痛苦的陈述,我明白了一切。我想起了我们在王子酒吧的谈话,我在脑中回忆他的话和手势,我才知道他是多么坚定地决心走在理性和清醒的道路上,选择了当时耻辱的阵容,而这条道路,如今世人也许会给出另一种说法。拉罗谢尔的自杀是过去人们不敢谈论的话题。今天火车平稳地滑过佛兰德斯的灰色平原,我一遍又一遍地重读了德里厄·拉·罗谢尔自杀那天留下的最后一段话:

首先,我不承认你们所谓的正义。你们的正义游戏

---

[1] 法国汽车品牌,20 世纪 50 年代逐渐淡出市场。

还有陪审团的选择方式玷污了正义的理念。军事法庭好一点。至少军事法庭更真实,少一点虚伪的东西。此外,无论是法律的指令还是执行过程都不是建立在你们所谓的自由的基础上的。

当然,法西斯主义或共产主义的司法也有一样的问题,所以我不是在抱怨这种司法体制本身。我只是指出,如果你想要一切都足以让人信服,那最好让你所谓的革命的成果能够和你浮夸的正义相匹配。但就目前而言,抵抗运动搞的革命和维希法国[1]吹嘘的革命没什么两样。抵抗运动仍然是一支意志薄弱、缺乏正当性的力量。你们以反动派、议会民主和共产主义的旧政权的名义参与了社会运动,却没有找到自己真正的定义。

我知道,就像其他许多人一样,我将一些因为暂时性的事情受到谴责。

我不认罪。我作为一个知识分子、一个人、一个法国人和一个欧洲人,我做了我本可以且本该做的。

所有的一切不只是你们的责任,而是我的阶级的责任、法国的责任、欧洲的以及全人类的责任。

---

1 维希法国,第二次世界大战期间纳粹德国控制的法国政府。

生疮的矮个军人的历史与虚构：
波拿巴将军在尼斯

不久前，国际黄金市场委员会成立，该委员会将在日内瓦召开大会，并任命我为葡萄牙代表。与此同时，我还在法国尼斯的街道漫步，享受着属于十八世纪的海岸风情。我来到了一条两座大型建筑中间的小巷，巷子的最深处两栋建筑连接在一起，再往前就是一个小型广场。建筑的墙上有一块氧化发绿的大理石牌匾，向游客宣告这个地方曾经被意大利军队的总参谋部占用。这个地方的荣耀与财富都和皇帝拿破仑一世有关。

我自娱自乐地观察了一会儿小巷里老旧的墙壁、破旧的鹅卵石露台，还有紧闭的房子大门。我发现，这幢房子现在被一家化学染料公司用作仓库，到处散发着淡淡的药味和墨水味。在回酒店的路上，我一直在脑海里构建一个情景。我一向喜欢幻想这个场景。我觉得这个场景是拿破仑整个军事生涯的起点，是他作为波拿巴将军面对的第一个考验：掌管意大利军队。有人说拿破仑的事业之所以辉煌，是因为他在土伦港战役中扭转了乾坤，还有人说是因为他在巴黎击退了暴民对国会的袭击，更有人说是因为他仰仗了保罗·巴拉斯[1]和约瑟芬的社交圈子，不过我都不同意。我认为，是他第一次以将军的身份掌权意大利军队让他崭露了头角，显示了他非凡的性格和惊人的军事才能。今天，我终于有空走在拿破仑的军事生涯开始的地方，我想要去了解他的故事，我想要在脑海中重建他崛起的场景。

意大利军队驻扎在尼斯郊外和周边沿海地区，四年来一直碌碌无为，逐渐解体，最后只剩下几个肆无忌惮、懒惰的军官带领着一群衣衫褴褛还挨饿的士兵。这个军队在乡村掠夺资源、摧毁村子和田野，播下毁灭和苦难的种子。莱茵军队的英雄事迹非但没有给他们树立榜样，反而让他们变得更加冷酷残暴。

授予二十七岁的拿破仑这样一支军队的总指挥权，在我看来，就是巴拉斯——约瑟芬那位督政府的朋友一贯的尖酸刻薄的作风。巴拉斯和报纸上频繁报道的阴谋和抢劫案都脱不开关系。至于拿破仑和约瑟芬结婚一事，按照西耶斯[2]的说法，在塔列朗-佩里戈尔[3]之类熬过过去十五年风雨的其

---

[1] 保罗·巴拉斯（1755—1829），法国大革命期间督政府最有权势的人。
[2] 西耶斯（1748—1836），法国大革命的主要理论家之一。
[3] 夏尔·莫里斯·德·塔列朗-佩里戈尔（1754—1838），法国主教、政治家，受拿破仑器重。

他革命者中间是一个笑话。因为约瑟芬是个浮夸的克里奥约女人，而拿破仑是个身形瘦削、声音尖细的科西嘉人。年轻的拿破仑总能恰当且理智地谈论一切，并对世事提出自己特别的看法。不过他与约瑟芬结婚后，就得离开巴黎。拿破仑的才华超出了一般人能够容忍的范围，他那谨慎节制的态度与施恩于他的那些人的贪婪目的毫不相容。

就这样，这个面色带着病态的苍白、长着一张少女脸、穿着破旧朴素制服的青年拿破仑出现在巴拉斯的办公室，接受了他的新使命。马勒·杜潘、鲁贝尔[1]和其他许多人都无法相信督政府的成员会排挤他到这种地步。"我简直不敢相信你犯了这样的错误，"杜邦·德·内穆尔[2]给督政府的一位官员写道，"你不知道这些科西嘉人能力有多强吗？你没看到他们个个都有无限潜力吗？"不过，对于巴拉斯来说，他们是敌人，是科西嘉恶魔。这么容易就把拿破仑驱逐出了巴黎，巴拉斯真是求之不得。与此同时，波拿巴正前往拥有分散的军队的地方集结自己的力量。他咨询、记笔记、测量距离、计算时间、研究作物、风土气候，一座又一座的城市，它们都留在波拿巴的脑子了。一直到辽阔偏远的皮埃蒙特[3]山区，他对每座城市的城墙、城门、公共建筑、水渠、地方

---

[1] 马勒、鲁贝尔均为法国大革命时期重要的政治家。

[2] 杜邦·德·内穆尔是法国著名经济学家、作家。在法国大革命期间，移民到美国。其子是著名的杜邦公司创始人。

[3] 意大利西北大区，与法国相邻，靠近尼斯。

军区和政治的细微差别都了如指掌。他"穷尽了"——这个词对他来说永远是贴切的,无论说的是城镇还是人——通向皮埃蒙特遥远山谷的整个广大地区。所到之处他不知疲倦地收集将军、师长的资料,了解他们的战友,直到和所有人都熟络起来。他仍然记得奥热罗,一个脾气暴躁的巨人、土生土长的巴黎人,尽管他表面上粗鲁无礼,但少有的勇敢、聪明、固执;马塞纳,强壮而且机灵,他的军事能力很快就被众人认可;塞鲁里耶,另一个巨人,与奥热罗不同,他冷静、对于战争的理论和实战都有研究;哈珀,身材高大的瑞士人,性格简单善良,战斗时十分果断且不知疲倦;最后是斯坦格尔,天生的骑兵首领,粗犷朴素的德国人,军队中最好的训练师。他们的年龄个个都比拿破仑大,战斗的经验也比拿破仑多,早已了解战争的残酷、受伤的痛苦、长途跋涉的疲惫和胜利后的酒醉。他们过去的生活造就了今天每个人的优缺点,成为他们性格中不可改变的一部分。他们为军营和生活的阴谋而生,拥有多次冒着生命危险进行战斗的勇气,同时比任何人都明白生命的重要性,以及在混乱战斗中失去生命的悲剧性。

波拿巴登上一辆摇摇晃晃的马车,时光在杂乱的地图、书籍、军队名单和检查报告中流逝,最后引导拿破仑到达了尼斯。土伦港战役恶劣的条件让他的脸上结满了痂,他在阅读和做笔记时往往会心不在焉地剥落它们。血顺着他的脸流下来，弄脏他的衬衫，最后滴在纸上风干。临行前，他匆匆与约瑟芬结婚。他不断地想着她、梦见她，被一种谵妄的热灼烧，为她失眠。

在停靠点换马时，波拿巴也下了车。并不了解情况的人还在等着真正的将军下车。结果将军就是这位骨瘦如柴的男孩。他的嗓音奇怪尖细，当他用科西嘉口音的法语发号施令时，人们不禁想，巴黎的情况是有多糟糕才会派这么一位赢弱的人过来。他重新回到马车上，又看起了地图，他正在计算每走过一米、一小时就会带给他什么样的荣耀，以至于这一路上都没有感到寒冷或是疲倦。他继续前进，到了几年前他在土伦战役中担任炮兵军官的地方。后来马车在夜里迷路了，一路上碰到越来越多的成群结队的意大利士兵。

在尼斯意大利军队总部，师长们已经吃完晚饭，正在讨论巴黎传来的消息。对这些人来说，最重要的是新任命的总司令。他们理所当然地认为新的总司令还在巴黎慢慢准备这段旅程呢。师长们插着大羽毛的帽子在房间里摇动，被不知道是从哪儿抢来的枝形烛台照亮。奥热罗说："波拿马，巴拿马还是什么的。我看到他和年轻的缪拉[1]一起进入战争司令部，他的脸还长了疮，看起来随时都会晕倒。这世上还有人会任命他当将军？督政府的流氓一定是瞎了眼，或是疯了

---

1 若阿尚·缪拉，法兰西第一帝国军事家、元帅。

才能开这样的玩笑。"

"对我来说，更不可思议的是，"听到消息后一直在思考不说话的马塞纳开口，"把他派到这儿。我们都是经验丰富的士兵，而且我们还把村子……打了多少仗我们都没能摆脱困境，那个督政府可悲的科西嘉傀儡能做什么呢？我对他们家有所了解，我认为我们应该对他多加小心。那是个招人恨的家族，他们经历了饥荒，以至于野心必须烧掉他们的屁股，把他们逼到最疯狂的地步。"

斯坦格尔操着一口蹩脚的法语也加入了对话：

"这样的小家伙，我可不愿意服从他。他也就能指挥指挥骑兵。我倒想看看那个娘娘腔用什么声音来指挥一个军团。明天我就去申请调派到莱茵兵团去。巴黎那群王八蛋都疯了，是不是除了钱财、珠宝、女人，其他的，他们都不在乎了！"说完，他咒骂了几句上帝。

"还敢提服从！"奥热鲁激动地喊道，"让他先告诉我他打过什么仗，等他混出名堂了，我再认他这个元帅！"

哄堂大笑。想必大家都已经了解这个身材魁梧的巴黎人了，他说话刁钻中带着幽默，突然的暴怒让在场几个士兵都惊呆了。

院子里传来一阵枪响，紧接着哨兵在喊着什么。一扇门打开，发出吱吱呀呀的声音，然后就像一阵龙卷风，一辆沾满泥土的马车跑了进来。马已经筋疲力尽，嘴里还冒着血泡。指挥官出去看看谁来了。只见车门打开，借着微弱的光，师长们看到了他们军人生涯能见到的最奇怪的形象。眼前的人发着烧还在瑟瑟发抖，衬衫染血，眼睛睁得大大的，脸色苍白紧绷，军装凌乱不堪，头发长得像个女人，而且由于身形矮小，佩刀还拖在地上——是波拿巴将军下车了。在场有人笑出了声，其他人也耸了耸肩，他们已经习惯了革命在最糟糕的极端中死亡的荒诞幻象。波拿巴走向他们，一言不发地走进房间，在那里，侍卫们已经把晚餐的残羹剩饭搬走了。他靠在壁炉上，目光在所有人身上转来转去，而这些人也在盯着他看。

"晚上好，军官先生们。"波拿巴把帽子取下和众人打了声招呼。

其他人一个接一个地取下帽子打招呼。拿破仑放下手，将帽子戴回头上。在场没有人敢说一句话。那双女人一般柔美的大眼睛射出那著名的"锐利的目光"，在场的人都呆住了。波拿巴小巧的嘴里传出一系列的指令，在场的人不得不听命服从于拿破仑，直到他们战死沙场或是从滑铁卢撤退那一刻。命令精确具体、一丝不苟，这象征着说话人超凡的记忆力、感知力和时间感，这让在场的人都不敢多说一句话。

"马塞纳将军，请为我准备一份报告，里面要包含部队信息，逃兵人数，逃兵所在的地区、所属部队、他们拥有的武器、原籍省、他们离开的时间、他们的军衔以及他们接受的训练的报告。派人去那些逃兵所在的城镇周围布防，给负责这项任务的人的口粮加倍，每三个小时让我了解他们的动向。现在就开始。谢谢。"说完，拿破仑看着马塞纳的脸；后者本是一个坚定自己立场的人，在那一刻下定决心为这个科西嘉小矮人付出生命。奇怪的是，每当拿破仑盯着他看时，马塞纳都会感到晕眩。于是，马塞纳捂着脸默默离开了房间。

"奥热罗将军，"拿破仑一口气说道，"您负责征用这个地区的所有物资，办一个食堂，让部队可以吃一日三餐。然后为我准备一份关于工资的报告，写清楚部队欠多少钱、欠谁、什么时候开始欠的。一旦查出有贪污或者盗窃的人，立刻枪毙，给所有人都敲个警钟。另外，十天之内，我需要您为我准备十天行程的供给。最后再给我准备一份关于营地的报告，请弄明白现在有多少火药、多少弹药、怎么能快速重振士气，等等，谢谢。"

红发巨人紧张地踱步，他很尴尬，想说些什么但说不出来。终于，等到他用沙哑的声音回答："将军，我们没有营地，没有火药和……"

一个干涩而尖锐的声音打断了他："那就去找，麻烦您了。"奥热罗也退出了房间，在黑暗中与刚安排完事情的马塞纳撞个正着。"那个家伙吓到我了，"马塞纳说。说罢，众人消失在黑暗中，每个人都开始行动了。"斯坦格尔将军，"玻璃般清透又不卑不亢的声音继续说道，"都说您是军队中最优秀的战士，那就证明给我看。去征用这个地区所有的马，组织两个轻型兵团以及六个骑兵团。再给我准备一份关于您的军团行军的可能性、行军范围、所需要的供给、逃兵、部队士气以及部署活动的报告……您是至关重要的一个环节，我不允许您出错，像您这样的军官也不该出错。多谢。"德国人不知道发生了什么，但他感觉自己好像年轻了十岁，他的轻骑兵！他的热忱在喉咙里沸腾！斯坦格尔兴致高昂地退下了。

"哈珀将军，您负责协调马塞纳将军和奥热罗将军的工作，并整理军队账目。您有六天的时间，谢谢。"这位瑞士人默默地离开了，他定将完成任务。

塞鲁里耶被波拿巴单独留下，他勤奋好学、严谨，是一位经验丰富的参谋，而且和其他人一样，在战场上有着万里挑一的勇猛气概。拿破仑打量着他，想要把他的所有底细都看清楚。"塞鲁里耶将军，"他说，"拿纸和笔，把我口述给你的东西抄下来。"拿破仑开始在狭小房间里踱起大步。这也是他征程的第一步，从今往后，他将永不停歇地征战，他将震惊世界并在法国创造新秩序。塞鲁里耶准备好了，这是拿破仑送给意大利军队的正式宣告：

"士兵们：你们衣不蔽体，吃得不好，政府欠你们很多，什么也给不了你们。你们这些年在山上表现出的耐心和勇气令人钦佩,但它们不会给你带来任何荣耀,也不会为你闪耀光芒。现在,我要带你去世界上最肥沃的平原,去最富饶的省份。往后,伟大的城市将任你摆布,在那里你会找到荣耀和财富。意大利士兵啊,你们还缺乏勇气和毅力吗?"

就这样,一个人写下了欧洲历史道路上的最后一部史诗。继熙德[1]、罗兰骑士[2]、齐格飞[3]之后的最后一部。

---

1 罗德里戈·迪亚兹·德·维瓦尔,人称熙德,卡斯蒂利亚贵族,瓦伦西亚的征服者,西班牙民族英雄。
2 查理曼麾下的军事领导人,法兰西史诗《罗兰之歌》中的主要人物。
3 德意志叙事诗《尼伯龙根之歌》中的屠龙英雄。

迈克蒂亚[1]事件或艾萨克出狱记

在关于我外交生活的私人回忆录中,我通常称这个故事为"迈克蒂亚事件",首先是因为它发生在加拉加斯机场,其次是因为事件这个词加上一个城市名称,能让两个国家间的关系看上去处在紧要关头。事件如下:

在迈阿密机场,我准备从佛罗里达飞往加拉加斯。不过我被安排上了一架人称"挤奶工"的飞机。虽然这架飞机最终目的地确实是委内瑞拉首都,但中途要经停三个加勒比岛屿以及卡塔赫纳和巴兰基亚两个哥伦比亚港口。造成这局面的主要原因还是我和那位波多黎各员工语言不通,他笨得听不懂我的剑桥英语,我也蠢得听不明白他的西班牙语。我是联合国人权委员会委派的人员,将作为观察员参加一个重要的会议。不久之后,在这个会议上,福斯

---

[1] 委内瑞拉中部城市。

特·杜勒斯[1]将获得特权,享受以联合果品公司的名义随意处置危地马拉的乐趣。

我在巴兰基亚下飞机后,在机场酒吧会见了国际联盟的两名前同事,他们是即将参加会议的哥伦比亚代表团的成员。和他们在一起的,是这个故事的主人公。他是艾萨克·塔富尔·阿比纳德,一位富有的黎巴嫩裔哥伦比亚记者,凭借自己独特又令人信服的处事风格,他在哥伦比亚创办了几家报纸,并从中获得了巨额利润。他的办事方法包括深入了解大工业家和银行家最不为人知的秘密,然后用一系列隐晦的方式把这些秘密刊登在他创办的报纸上。由于堂·艾萨克掌握了太多权势内幕的信息,连政客都忌惮他,为了让他保守秘密,他们不得不支付堂·艾萨克大笔的利息。

塔富尔在哥伦比亚拥有相当的影响力,还有另一个原因是他的性格——他十分平易近人。他身材高大,块头结实,笑眯眯的大眼睛被他那乱糟糟活泼的灰色眉毛遮住了一大半。他长着典型的黎凡特大鼻子,鼻翼灵活敏感,紧靠着精致得甚至有些女性化的嘴唇。从他的耳朵和鼻子里探出的一根根毛发,那是他无法抑制的生命力的见证。他的手臂和装卸工人的一样强壮,双手和吉卜赛小提琴手一样灵活。他的整个外貌以浓密的黑色头发收尾。他说话不知疲倦,口齿

---

[1] 福斯特·杜勒斯(1888—1959),美国共和党人,冷战早期重要人物。反共主义者,曾通过联合果品公司对抗危地马拉总统阿本斯(Arbenz)。

伶俐，态度亲切而直接，总能让那些与他交谈的人相信他是可以解决他们所有问题的唯一人选。这就是我难忘的加拉加斯旅伴艾萨克·塔富尔。登机后，我们边等待起飞边聊天，一个小时后就熟络起来了。他亲切地称我为"我们杰出的卢西塔尼亚外交官"，说话时语法的单复数随意混用，谁知道他是哪里学来的西班牙语。更重要的是，他在里斯本担任了两年的外交官，而且带薪缺席——当然，这是因为他有一些"行动"任务。很意外的是，他对我的祖国葡萄牙有着最美好的和最意想不到的回忆。读者应该很容易想象我在飞机上度过的时光。大多数时候是塔富尔用他有力的声音告诉我，他参观了里斯本的一家妓院，那里住了蓄着刷毛般小胡须的小矮人。在旅行持续的三个小时里，我们的友谊得到了显著的巩固，当飞行员宣布飞机正在靠近迈克蒂亚并且提醒我们系好安全带时，我们已经不用"您"相称了，而且已经交换了我们这些经历了忙碌生活后步入五十岁的人治疗自然疾病和折磨人的机能不足的食谱。

到加拉加斯以后，我们一起下了飞机。哥伦比亚大使馆的工作人员已经在机场等待本国代表了，负责接待我的是一个瑞典人和一个巴基斯坦人，他们将担任我的秘书。当行李送到了我们面前，我和艾萨克·塔富尔告别，我向他承诺，会在开会休息期间与他碰头。这时三个身穿警察制服、头戴党卫军式高帽的人向我们走了过来，他们在艾萨克耳边说了几句。艾萨克没有什么大反应,镇定地向我道别,跟着包围他的宪兵走了。我以为那几个人是接他去什么例行招待会,那种为参加会议的记者准备的活动,所以找到我的行李箱以后,就离开了机场。到了塔马纳科酒店以后,我才发现事情没那么简单。几位哥伦比亚代表告诉我,艾萨克被逮捕了,现在找不到他的下落。这件事情变得棘手了,因为塔富尔用的是外交护照,他本应享有豁免权,但现在他的合法权益被侵犯了。我的朋友们无法解释发生了什么,但考虑到我们这位热情的旅伴的背景,他们担心会发生最坏的情况。我们去了楼下的酒吧,想从哥伦比亚大使馆的官员那里打听消息。我们找到了大使馆的第一秘书长,他靠在吧台边,正茫然地盯着一个黑点,表情很不妙。"这事儿和毒品有关,"秘书长说,"事情非常严重。"我立即意识到哥伦比亚大使馆的两难处境,外交护照与贩毒事件搅在一起,无疑是给第一秘书长这个背地里最黑暗,但明面上最干净的职业生涯加了一道坎。况且,在这片大陆上,对一个加入反共阵营的国家来说,这样的丑闻是最不合时宜的。几个小时过去了,什么消息也没有。面对我们这些担心塔富尔·阿比纳德命运的人,委内瑞拉当局采取了严密的措施。午夜过后我就睡了,只剩下艾萨克的哥伦比亚同伴们还在担心他的命运,担心同样的事情会发生在他们自己身上。

第二天,我被一阵谨慎的敲门声惊醒。我看了看时钟,已经是早上十点了。"进来吧。"我仍然半睡半醒地说。一辆手推车进来了，上面放着银色的冰桶，里面装着几瓶香槟酒，旁边摆着鱼子酱和斯特拉斯堡鹅肝酱。服务员默默地进门以后没有关门，可见他后面还跟着人。果然，没过多久，我的朋友艾萨克进来了，脸上挂着他的招牌笑容，穿着他最讨厌的那套西装。"我杰出的卢西塔尼亚外交官，我来和你一起庆祝我从贩毒的牢狱之灾中解脱出来。"生活给过我很多惊喜，这一个是让我印象最深的，因为其中充满了荒诞的元素。在热情的拥抱和敬酒后，香槟滑过喉咙，留下的味道并不好，介于薰衣草苏打水和波吉亚[1]的毒药之间。我坐下来听艾萨克出狱的神奇故事。

"我们分开以后，"艾萨克开始说，"他们带我去了一辆黑色的凯迪拉克，几个侦探们正在车旁等着。那个时候我才意识到，这种待遇远远超出了招待会的外交限制。我问他们要去哪里，其中一名侦探用波澜不惊的语调跟我说，我们要去安全总局，到了就知道什么事儿了。我有些害怕，我就说我是有外交护照和委内瑞拉外交部认可的记者证的，那几个人嘲讽地笑了笑。从那一刻起，我就意识到大难临头了。我努力地回想自己到底做了什么，我实在想不出自己做了什么会激怒委内瑞拉官方。我们进入了一座看起来像麻省理工学院的现代建筑，在一间宽敞的白色房间里，他们安排我坐在

---

[1] 波吉亚家族，文艺复兴时期的显赫家族。教皇亚历山大六世是波吉亚家族一员，其在位期间，波吉亚家族传出许多谣言，包括滥用神职权力、谋杀、毒杀。

一张小桌子旁。我在那里待了大约一刻钟,心里非常好奇到底发生了什么。后来房间里来了个年轻的军官,其他人都对他立正行礼,他穿着一身无可挑剔的卡其色制服,精致的皮肤包裹着他瘦削的脸,好像一个葡萄牙人啊。他留着细细的黑色小胡子,让他看起来好像一直在微笑。

"'艾萨克·塔富尔·阿比纳德先生?'

"'是的,先生。'

"'您是生在哥伦比亚,还是后来取得的哥伦比亚国籍?'

"'我护照上写了,是生在哥伦比亚。为什么护照这个词会引得他们露出那样满足的表情呢?'

"'那您是否与其他国家的警察或者国际刑警组织有过接触?'

"'没有,先生。我实在不明白这次审讯的原因,我要求见大使馆官员。用西班牙语太难了,如果我能用黎巴嫩阿拉伯语回答就好了。'

"接下来就是我这个无辜的人所经历过的最艰苦、最详细、最无情的审讯了。他们把我的公众生活、私生活都一一盘问,有的时候我自己都没有注意过这些细节。而且我的私生活很低调,但他们都能调查到。最令人不安的是,他们问了我那么多问题,我还是不明白到底怎么回事。我已经被折磨了四个小时了,警官从他的办公桌上拿出一张纸,跟我说,他将阅读一份城市清单。我必须发誓如实回答自己是否去过和什么时候去过那些城市。他开始挨个儿读城市名,香港、利马、墨西哥城、洛杉矶、瓦伦西亚、伊斯坦布尔、桑托斯、东京、奇克拉约、悉尼、伦敦、马赛、普拉、奥兰。

"'除非是我们活在儒勒·凡尔纳的奇幻小说里,我实在不知道这份清单和我有什么关系。'我回答说,'除了墨西哥城、伦敦和马赛,我没有去过其他任何地方。'警官按下了一个按钮,两名员工立即进入,一个拿着几个文件夹,另一个拿着类似药箱的东西。

"我恐惧到了极点,心想:他妈的,他们到底想查什么!新进来的人在军官旁边坐下。拿着文件夹的人有些气喘吁吁地说道:'艾萨克·塔富尔·阿比纳德,52岁,哥伦比亚人。根据委内瑞拉共和国安全总局刑事调查的结果,我在此通知您——有证据显示您涉嫌贩毒。根据《刑法》第147条规定,您将被判处最低6年、最多20年有期徒刑,无权保释。您还有什么要说的吗?'

"在我的生活中,我一向口若悬河,能说会道,但今天,我百口莫辩。最后我要求他们给我指定一名辩护律师的权利。我要律师给我讲明这项严重且不公正的指控背后的原因。你们至少要把证据拿出来,不管再小的证据,要能证明我是毒贩才可以。

"军官毫不畏惧地回答,说证据就在盒子里,我会看到的。他示意拿着那个药盒的人把盒子打开,让我看看里面的东西。我亲爱的卢西塔尼朋友，我看到里面躺着一些属于我的用途非常私人的东西，我忍不住大笑起来，我终于从连续几个小时的高压中解脱。当我笑完正要解释一切的时候，脸色铁青的军官冷漠地问我怎么解释行李箱里有这些橡胶手术手套和这么多瓶子，瓶子里还有些奇怪的物质，看上去像生物碱。

"'先生们，'我站起来回答说，'我已经五十岁了，像我们这个年纪的人，总可以染发吧？我用这些瓶子来混合染料，而且我戴橡胶手套，是为了不弄脏我的手！'

"他们三人急忙后退，像看一个危险的疯子一样盯着我。十分钟后，当我正透过窗户欣赏加拉加斯现代建筑时，有一个人进来了。看上去他比房间里的人职位级别都高。他随意说了个借口，邀请我去他的办公室和几位正在等我的哥伦比亚大使馆官员团聚。整件事最糟糕的是，我亲爱的德·马托斯，现在大家都知道我的黑头发是染的了，这就好像最三流的浪漫主义小说里的笑话。"

第二瓶香槟也喝了一半了，我放下鱼子酱，准备出去喝一杯浓咖啡。与此同时我的好朋友艾萨克·塔富尔还在房里编织着他在城市中漫游的幻想，他还认真地提议建立和促进生物碱麻醉品的分配和消费。

"我要麻醉品，毒品！直到最后的胜利！"他张扬地喊道。第二天住在我隔壁的乌拉圭代表团告诉了我他喊的这些胡话。

波连斯萨的东方国王

献给卡米拉、卡塔琳娜和尼古拉斯

自从我和妻子去波连斯萨看过马克洛尔·加维耶罗以后，我就再也没见过他。在波连斯萨，马克洛尔告诉了我们他与阿卜杜尔·巴舒尔和莉娜·维森特的儿子贾米尔的故事。孩子最后和母亲一起前往黎巴嫩，马克洛尔不得不和那个孩子分开，他十分伤心。

　　几年后，应比利时电视台的邀请，我去了安特卫普参加一档有关移民到拉丁美洲的杰出比利时人的节目。在录制休息的时候，导演的一位助理走近我，低声说道："你的朋友马克洛尔在船商医院，去看看吧。情况并不严重，但您的拜访对他有好处。"我还没来得及问说话人具体的细节，转头就和主持人对话了，以至于最后我都不知道是谁把这个消息告诉我的。录制结束后，我在录影棚外拦下一辆出租车，说了我的目的地。出乎意料地，出租车司机非常诚实地告诉我医院就在录影棚的拐角处，在一个死胡同的尽头。"你走过去吧，三分钟就到了。"我步行去了医院，我在前台打听有关我朋友马克洛尔的事情，一个正填写病史表格的护士用佛兰德斯语对我说："跟我来，我带你去。"她是典型的佛兰德斯女性，身材高大，肤色清透，脸上还带着一丝苦涩的微笑，这形象在佛兰德斯的处女像中经常出现。

马克洛尔坐在不远处的轮椅上，双腿都打着石膏，用茫然的眼神盯着室内一处海景装饰，脸上是绝望和认命。他指着护士说："通过蕾妮的哥哥，我得知你最近在城里。是我让他给你送话的。"女人微笑着坦率地在脸上表露出她的同情，她整理好支撑瞭望员头部的枕头，用佛兰德斯语打了声招呼就离开了。为了感谢他的邀请并表达我对他的遭遇的同情，我说了几句小时候在布鲁塞尔学到的佛兰德斯语。马克洛尔用同一种语言回答我，我没有听懂，倒是蕾妮听过以后脸颊泛红。

"但是，发生了什么，我的天。你来这医院也挺频繁，但这次怎么弄成这副样子？"马克洛尔是个闲不下来的人，我无法想象现在的他被迫困在轮椅上不得动弹，我很好奇他的感受。

"我在港口的货仓里爬到高处检查要送到阿空加瓜号轮船的货物时，摔断了双腿。我在这艘货船上担任水手长的助手，你知道的，一般海运行业是没有这种工作的，这是船长也就是我的老朋友特意给我开的职位。那天，一些固定在起重机平台上的系泊装置松了，然后一个重达五十公斤的齿轮砸到了我的腿上，结果你看到了。"他一定是注意到了我的脸上有些惊慌，所以立刻安慰我："这没什么大不了的，等骨头接好了，我又可以正常走路了。你不会以为我接下来的日子都得拄着拐杖吧，你可想都别想。"说完他嘿嘿地笑了，是他一贯的风格，但这次，他没有打心眼里开心地笑。

　　他的情绪平静了下来，我开始问他各种各样的问题，都是关于我们上次见面以后的生活和生活中奇迹的问题。这样的对话是我们友好关系的基础。我们通过这样的对话进入回忆。这段过去对我的朋友来说都是在半灰暗的状态下度过的。现在快十二月了，不知道为什么，我突然有一种冲动想告诉他，他的圣诞节一定会在护士蕾妮和蔼可亲的监护下，在轮椅上度过。"她是个好女孩，有属于她的种族天赋，她知道怎么温柔谨慎地和人相处。"我不需要多说了，马克洛尔知道我的意思。当然，我没有再多加评论，因为这一切都显而易见，而且瞭望员也不是善于吐露心事的人。

　　"继续说圣诞节的事儿，"马克洛尔对我说，"我知道，现在是特殊时期。我心里居然有一种怀念和愉快的幸福感，这是我以前从来没体会过的。我一般不太在意圣诞节这个日子。但现在，因为圣诞节的到来，我很幸福，你知道这都归功于谁吗？小贾米尔。从我们第一次在波连斯萨过圣诞节开始，他就改变了我对圣诞节的态度。"

　　"贾米尔和这种变化有什么关系？我不太明白。"我接着提问，一个原因是我想要帮他转移一点注意力，我不希望他因为无法动弹而感到太过困扰；第二个原因是我着实好奇瞭望员和阿卜杜尔的儿子建立的如此单纯美好的关系，这和以前的他反差有些大。

"其实很简单，"他回答说，"我才意识到上次在波连斯萨和你跟你的妻子见面时，我只提了我和小贾米尔一起在港口生活，但没有解释缘由。这么说吧，你还记得我们去世的朋友莫森·费兰吗？在那个难忘的夜晚，我们一起在他家里聚会。是他给了我爱心和力量，是他让我下定决心为那个孩子提供家庭的关爱和教育的。愿他安息。莫森·费兰坚持让贾米尔上教区学校。结果呢，你也知道，这个孩子学会了一口流利的马略卡语，并且很好地融入了他和同学的日常生活中。到了十二月，莫森开始准备庆祝圣诞节时，他跟我说，他打算让贾米尔在午夜弥撒时表演关于牧羊人和东方三王的节目。这个弥撒被很多西班牙人称为'公鸡的弥撒'，而这个节目会在和圣器收藏室相邻的马槽中演出，是没有对话的一幕。我问莫森，他认为贾米尔应该扮演什么角色，他回答说让这孩子自己选择：可以是普通人，可以是牧师，也可以是东方三王之一。那天晚上，在我们造船厂的阁楼里，我把莫森的计划告诉了贾米尔。贾米尔非常激动，都没让我说完：'我要演东方贤士！当一次贾米尔·阿尔·马力克！'我想在这儿也没必要特意说明了，贾米尔想用阿拉伯语说

'国王',因为那是他的母语。我想跟你坦白一些事情,那一刻,我觉得,我们七年来斩断了阿卜杜尔的儿子和一个属于他的种族文化的奇幻世界的联系。事情拍定了。第二天,我把这件事告诉了教区神父,他微笑着,对贾米尔有此想法感到高兴。距离圣诞节还有一周,贾米尔开始参与排练,扮演东方贤士的决心和信念随着时间的推移而增长。庆典前两天,他们穿上戏服,进行了彩排。"

"我的圣诞节救赎就此开始了。自青春期以来,我就在属于上帝的大海中航行,把圣诞这样的节日抛在脑后。彩排开始了,扮演牧羊人的孩子穿着戏服出现在了圣器收藏室,与此同时,我坐在教堂中殿前排,就在莫森·费兰旁边。扮演圣若瑟和圣母玛利亚的那对孩子出场啦,身后是披着羊皮的牧羊人,一脸的喜气洋洋,但神情不太虔诚。东方三王终于出现了。第一个,脸上沾满烟灰,代表黑王;第二个,留着廉价的查理曼金色胡须,时时刻刻都在努力调整滑落到额头的金色纸冠;最后是贾米尔。我傻眼了。他走路带着君王的高傲,目光定格在不远处,一只手放在胸前,另一只手托着硬纸板和锡制的权杖,一副天生君王的样子。他的容貌具有明显的黎凡特特征,他浑身上下散发着掌握权威的哈里发[1]的风范。莫森·费兰朝我做了个手势,我不确定他是惊

---

1 哈里发:早期伊斯兰国家的首脑领导制度而言,担任国家政治、军事、司法、宗教首脑的人物被称为哈里发(al-Khalifah)。

讶还是高兴。所有的孩子都磕磕碰碰地按照指示表演着，除了贾米尔，他的动作就好像天生就是倭马亚朝廷的一员一样。莫森和孩子们一遍又一遍地排练，直到所有人都把简单的动作牢记于心。不久之后，孩子们互相推操着离开了圣器收藏室，嘲弄地重复着刚刚学习的步骤和手势。贾米尔是最后一个出来的，他的外表平静，但是眼神中透着兴奋。他来到我身边，认真地说：'走吧，彩排很容易。就是这个王冠有点紧，但我已经把它修好了。'"

"第二天，"说到这，瞭望员已经有些控制不住情绪了，"学校圣诞节的准备工作快收尾了。贾米尔忽然说不想和我一起去钓鱼，也不想去学校。当时学校正在为节日进行最后的准备。他从阁楼窗户探出身子，长时间地眺望海湾和海港，他肯定沉浸在他对一个被废黜的君主的幻想中。晚上八点，他已经穿上了东方贤士的盛装，一遍遍地排练着，同时努力把金色的硬纸王冠牢牢地戴在自己头上。我们提前两个小时到了弥撒，贾米尔躲进了圣器收藏室。那儿有个小舞台，就在圣坛右侧，是圣器保管人为了排练节目特别准备的。我出去到中庭抽了一根烟斗，我很意外地碰到了莫森·费兰。他看了我一眼，随即明白了为什么我会这么早出现在弥撒，他笑着和我说：'哎哟，瞭望员，恐怕不久以后从我们这要走出个国王啦。'我无奈地点点头，我等着众人陆陆续续地到达教堂，我希望他们能先占第一排的位置坐在当地名人旁边。好吧,我就知道你会让我想念小贾米尔的,以及想念我那份只为他保留的温柔。我的牧师朋友莫兰准备了一个感人的节目。我的注意力集中在阿卜杜尔的儿子身上,那天晚上他的真正性格展现到了极致,他的每一个手势都表现出拜占庭皇帝的神圣威严。他张开双臂向陶瓷的圣婴耶稣像鞠躬的那一刻,我的眼眶里噙满了泪水。我记得自己从童年时代起就没流过眼泪了。在弥撒和祷告之后,小演员们走进圣器收藏室换衣服。我在外面等了很久,直到莫森·费兰探出身来示意我和他一起进去。圣器收藏室里,除了正在把演员服装和装饰收拾进行李箱的圣器保管人,只有我的牧师朋友莫兰。他正探究地看着角落里的贾米尔,不过贾米尔衣服高傲沉默的样子,看起来并不想向我们袒露他真正的模样。我走过去向他解释说,我们不能把这些戏服带走,因为它们不属于我们。如果我们非要带回家,我们很可能会弄坏那些戏服和装饰的。贾米尔没说话,莫森朝我们点了点头,我们就离开了。在路上,贾米尔没有和我说话,但我听到他用阿拉伯语咕哝着我听不清的长短语。"

"贾米尔回家就爬到床上,把他今天留下的宝物在桌板上一字排开,其中有那顶王冠还有纸板和锡纸做的权杖。我不得不说,这孩子的态度让我很感动,我甚至都不知道怎么安慰他,我只能亲吻他的额头并道晚安。我也去睡觉了,一夜无梦。早上,我被一阵异常的噪声吵醒,是从被我们当作房间的棚屋顶部铁皮板传来的，我打开窗户想看看怎么回事。你想象一下，当时我看到贾米尔穿着他的国王戏服站在屋顶尖尖上有多恐慌。他操着一口突尼斯口音的阿拉伯语说话，要是让他那位说'纯正'阿拉伯语的父亲看到，估计浑身都会起鸡皮疙瘩。贾米尔正在向沉睡中的波连斯萨居民讲话，他把他们称作臣民。他还朝几个北欧游客说了几句不怎么好听的话。你知道我当时有多害怕吗。只要一个不小心，贾米尔就会滑下屋顶摔倒在地。我用尽可能平静的语气让他站在那儿别动，同时我去取伸缩梯救他。贾米尔将脸朝向海湾，用至高无上的不屑语气对我说：'国王是不会倒下的，瞭望员。'我爬上梯子，爬到他所在的地方，他立刻扑进我的怀里，吓得浑身发抖。"

"中午我们去吃了圣诞大餐，这是那个地区每年25日的传统盛宴，由教区神父——我们的朋友和保护者提供。在那里，贾米尔一言不发地脱下了自己的国王戏服，坐在我旁边。在朴素的圣诞宴会桌旁，他靠在我耳边，低声说：'我不再是贾米尔·马利克了，瞭望员。'我又一次哽咽了起来，我没有底气地朝他笑了笑。"

"好了，我亲爱的历史学家和朋友。午夜弥撒和那顿圣诞大餐让我在生命接下来的日子里都能感受到幸福。我多么期待那样的圣诞节啊。这就是为什么我在这里等你，被钉在这把椅子上，带着以前从我记忆中抹去的幻觉。"

我告诉他，我非常高兴他找回了童年的快乐。就在这时，美丽的蕾妮进来告诉我们拜访的时间到了，正好，我也准备离开了。马克洛尔用佛兰德斯语请她陪我走出医院，她带着迷人的微笑点了点头。

走到病房门口，我不知道为什么突然想问他："请你告诉我，马克洛尔，你什么时候把佛兰德斯语学得这么好？"

"我从我妈妈那里学来的，"他用亲切但略带挑衅的语气回答。在那一刻，我惊奇地意识到，认识他近半个世纪以来，这是他第一次提及他的家庭和童年。我走在安特卫普的街道上，朝着我下榻的酒店出发，我思考着并尝试解读这个突如其来的新消息。我不知道为什么，我总觉得这好像是与我这位永远在流浪、难以捉摸的好朋友的告别。一种捉摸不透的悲伤侵袭了我的内心，一直到要赶去开往巴黎的火车时，我才离开酒店房间。许多天后，这种患得患失的感觉依然没有消失，还在时不时地折磨着我。